CB019738

A FILHA DE AGAMENON
&
O SUCESSOR

ISMAIL KADARÉ

A filha de Agamenon & O Sucessor

Tradução do albanês
Bernardo Joffily

Companhia Das Letras

Copyright © 2003 by Librairie Arthème Fayard

Títulos originais
Vajza e Agamemnonit
Pasardhësi

Capa
João Baptista da Costa Aguiar

Foto de capa
Alain Nogues/ Corbis Sygma / Stock Photos

Preparação
Maria Cecília Caropreso

Revisão
Roberta Vaiano
Isabel Jorge Cury

Dados Internacionais de Catalogação na Publicação (CIP)
(Câmara Brasileira do Livro, SP, Brasil)

Kadaré, Ismail
A filha de Agamenon & O Sucessor / Ismail Kadaré ; tradução do albanês Bernardo Joffily. — São Paulo : Companhia das Letras, 2006.

Título original: Vajza e Agamemnonit & Pasardhësi
ISBN 85-359-0785-8

1. Romance albanês I. Título.

06-0037 CDD-891.99135

Índice para catálogo sistemático:
1. Romances : Literatura albanesa 891.99135

[2006]
Todos os direitos desta edição reservados à
EDITORA SCHWARCZ LTDA.
Rua Bandeira Paulista, 702, cj. 32
04532-002 — São Paulo — SP
Telefone: (11) 3707-3500
Fax: (11) 3707-3501
www.companhiadasletras.com.br

Os acontecimentos descritos no díptico *A filha de Agamenon* e *O Sucessor* são parte de recordações eternas da humanidade, revisitadas, como freqüentemente acontece em nossos dias. Por isso, a semelhança com cenas e pessoas da atualidade é inevitável.

O autor

Sumário

Prefácio

Em 1986, durante uma de suas viagens a Paris, Ismail Kadaré me confiou seu desejo de guardar em algum lugar seguro da França certos manuscritos, cuja publicação na Albânia era, na época, impossível. Tratava-se de dois romances curtos, um conto e alguns poemas.

O escritor trouxera consigo parte daqueles textos. Como a expatriação de manuscritos originais era rigorosamente proibida pelas leis albanesas, ele maquiara os textos, a fim de que fossem tomados como traduções de um autor ocidental para o albanês. Para tanto, os nomes de personagens e lugares tinham sido substituídos no texto por outros da Idade Média alemã ou austríaca. Quanto ao autor "traduzido", Kadaré escolhera o romancista alemão-ocidental Siegfried Lenz, conhecido na Albânia, mas não a ponto de se saber se existia ou não um romance de sua autoria intitulado *Os três K* — como se chamou então o romance publicado mais tarde com o título *A sombra*.

Tempos depois, Ismail Kadaré conseguiu tirar da Albânia outras páginas das obras em questão, mas muito poucas para tamanho perigo. Para retirar o restante, pensamos que a maneira mais adequada seria eu mesmo viajar a Tirana. Aproveitando-me de duas visitas sucessivas, consegui trazer para Paris as partes restantes e assim completei os manuscritos de *A sombra*, *A filha de Agamenon*, *A decolagem do migrador* e dos poemas.

Os manuscritos foram depositados em Paris, no Banque de la Cité. Com o conhecimento do banco, Ismail Kadaré me entregou a chave do cofre com uma autorização para que eu o abrisse caso julgasse indispensável.

Naquele tempo, Ismail Kadaré, assim como outros, não acreditava que fosse ver o dia em que o comunismo na Albânia cairia. A evasão dos perigosos manuscritos permitiria a seu editor, em caso de morte do autor, natural ou "acidental", declarar, incontinente, que uma parte de sua obra, inédita, seria em breve publicada. As explicações antecipadas sobre o conteúdo dos manuscritos desconhecidos possibilitariam neutralizar possíveis distorções da obra e da imagem do escritor pela propaganda comunista.

As três obras em prosa, assim como os versos depositados na França, expressam de maneira direta e sem ambigüidades o que Ismail Kadaré pensava sobre o regime albanês, opinião que até então expusera obliquamente e por meio de alusões em romances como *O palácio dos sonhos*, *O nicho da vergonha*, *Concerto no fim do inverno* e outros.

Dos manuscritos emigrados para a França, o primeiro publicado foi *A sombra*, em 1994. O autor fez os retoques necessários, para eliminar o verniz germânico que o cobria, sobretudo na parte inicial.

Também foram preenchidas, aqui e ali, carências artísticas intencionalmente deixadas, já que o objetivo da obra era em primeiro lugar transmitir, ou, mais exatamente, fazer passar para além-fronteiras uma mensagem.

A decolagem do migrador foi ao prelo em seguida. Na edição albanesa foram publicadas ao mesmo tempo as duas versões: a original, tal como saíra da Albânia, e a segunda, revista pelo autor, que foi a traduzida para o francês.

A filha de Agamenon, o terceiro dos manuscritos depositados na França, é publicado agora, conforme o manuscrito de 1985, sem a menor modificação. Ele constitui a primeira parte de um díptico, cujo segundo tomo é *O Sucessor*, escrito em 2002-03. Os dois romances não só possuem os mesmos personagens mas também constituem um dos conjuntos literários mais bem realizados de Ismail Kadaré.

Claude Durand, presidente da Éditions Fayard

A FILHA DE AGAMENON

1.

De fora, da rua, chegavam a música festiva, a barulheira e o ruído abafado dos pés dos passantes. Aquele som específico que só poderia vir de uma multidão que se dirigisse aos lugares designados para o desfile.

Pela décima vez, afastei um pouquinho a cortina da janela para ver a mesma cena: a lenta extensão da torrente humana. Sobre ela, tal qual no ano anterior, iam as faixas, os arranjos florais e os retratos dos membros do Birô Político.* Seus rostos pareciam ainda mais petrificados sob aquele mar de cabeças e mãos. Às vezes, por causa de algum movimento das mãos de quem segurava o retrato, os rostos pintados pareciam se olhar de lado, ameaçadores. Mas mesmo quando eles ficavam lado a lado, pareciam não se conhecer.

Fechei a cortina e notei que tinha na mão o convite para a festa. Era a primeira vez que recebia um convite para a tribuna do

* O núcleo dirigente do Comitê Central, órgão superior do Partido do Trabalho (comunista) da Albânia. (N. T.)

Primeiro de Maio, e eu, tal como no instante em que o entregaram, ainda não acreditava que tinham escrito ali o meu nome. Não menos perturbados tinham sido os olhos do vice-secretário do partido. Não se poderia dizer que havia neles apenas ciúme. Misturado com o ciúme, aflorava o assombro. E de certa maneira havia razão para isso. Eu não era daqueles que apareciam nos palanques e recebiam convites para tribunas de honra. E embora, como soube mais tarde, o próprio vice-secretário tivesse falado de mim quando o Comitê Regional do Partido solicitara nomes diferentes daqueles propostos ano após ano, mesmo assim ele não escondia a surpresa. É verdade que ele tinha me citado, entre outros, mas, ao que parecia, não pusera fé em que aprovariam uma lista nova. Falam isso todo ano, dissera talvez com seus botões, mas, quando chega a hora, são os de sempre que vão.

"Parabéns! Parabéns!", disse-me, ao entregar o convite, e, no último instante, pareceu-me ver no seu olhar algo mais que ciúme e assombro. Estava ali bem no meio do sorriso dele, como uma cria do sorriso, e ao mesmo tempo era outra coisa. Talvez a palavra mais exata fosse "sorriso cúmplice". Concentrado, interrogativo, meio zombeteiro, mas com aquela zombaria benévola entre duas pessoas ligadas por um segredo. O sorriso cúmplice parecia me dizer: "Esse convite não veio de graça, cara, não é? Qual servicinho você fez para merecê-lo? Parabéns, espertinho!".

Aquela interpelação estava tão clara que eu senti que corava. O sentimento de incômodo não me abandonou nem mesmo durante o caminho para casa, e por mais de uma vez eu me perguntei: É mesmo, por que mereci esse convite?

O apartamento parecia ainda mais silencioso em contraste com o barulho da rua. Silencioso e vazio. Todos tinham ido para os pontos de concentração do desfile, e meus passos, em vez de preencher, destacavam ainda mais o silêncio e o vazio, um vazio que também era especial, como tudo mais naquele dia.

Eu esperava por Suzana. Ainda assim, aquilo que me arranhava o peito não parecia nem um pouco com a ansiedade habitual de quem espera uma garota. Era um sentimento mais opressivo. E, aparentemente, inflado pela música e pelo cansativo barulho que vinham da rua. Às vezes parecia até que um daqueles retratos iria se erguer acima de quem o conduzia, tão alto que chegaria até a minha janela, olhando para dentro do apartamento com aqueles olhos pintados, imóveis: O que você está esperando? Hum, hum, deixou seu lugar na tribuna vazio por causa de uma garota, é?

"Se eu não chegar até as oito e meia, não me espere mais", dissera Suzana.

Toda vez que essas palavras me vinham à mente, os olhos escapavam sem querer para o sofá onde se dera nossa última conversa. Fora uma conversa triste demais. Suzana estava meio despida, e também suas palavras saíam pela metade, a custo revelando seu sentido. Estava cada vez mais difícil se encontrar comigo. A carreira do pai prosperava a cada dia. Agora a família era mais vigiada. Duas semanas antes, na reunião plenária do CC,* o pai subira ainda mais. De maneira que, claro, ela teria que rever seu modo de vida, seu guarda-roupa, as companhias. Senão, ia causar prejuízos ao pai.

— Ele mesmo pediu isso (eu ainda não sabia que nome dar a "isso") ou foi você que teve a idéia?

Ela me olhou de viés.

— Ele — respondeu, depois de uma pausa. — Mas...

— Mas o quê?

— Mas quando ele me explicou, concordei.

— É?

Senti que devia estar com os olhos injetados de sangue,

* Sigla de Comitê Central, a direção do Partido do Trabalho (comunista) da Albânia. O Birô Político era um núcleo mais restrito de membros do CC. (N. T.)

como se alguém tivesse me atirado um punhado de areia. Com um jeito culpado, ela apoiou o rosto em meu ombro. Seus dedos, frios, como vidro moído, acariciaram meus cabelos, na nuca.

Eu queria dizer: Mas por que só você? As filhas deles, dos outros, pelo contrário, aproveitam, têm uma vida mais livre. Carros, passeios em casas de praia. Era o que eu com certeza diria, se ela mesma não falasse. Os outros davam alguma liberdade aos filhos, mas o pai dela... Ele era mesmo espantoso. Ninguém sabia o que tinha na cabeça... Ou então não havia nada de espantoso, mas era algo obrigatório apenas para ele. Precisamente porque nos últimos tempos ele se distinguia dos outros. Assim, se na festa de Primeiro de Maio ele aparecesse do lado direito do Dirigente, tudo estaria acabado entre nós.

Como eu não disse nada, ela achou que eu não tinha entendido direito. Entende?, insistia, soluçante. Era inaceitável para eles, quer dizer, para a opinião pública, que ela fizesse amor com alguém que estava noivo. Porque um dia aquilo viria à luz. Entende? Tinha de entender.

Eu não sabia o que responder, enquanto meus olhos se perdiam em suas pernas nuas.

— Você também iria se prejudicar — disse um pouco depois.

— Eu não ligo a mínima.

— Você fala assim, mas depois vai se arrepender. Ainda mais agora que tem a esperança de fazer a pós-graduação em Viena.

Continuei a manter os olhos sobre as partes descobertas do corpo dela. Na verdade eu não sabia ao certo se trocaria, por Viena ou por qualquer coisa que fosse, aquele corpo de menina e também de mulher, branco e liso. Os Campos Elíseos com seus jardins e ao fundo o Arco do Triunfo, com o fogo eterno no centro.

Nunca me coubera uma mulher que na hora de fazer amor tivesse no rosto um êxtase sorridente, como se estivesse tendo um sonho sublime. Ele se derramava das faces para o travesseiro branco, que, mesmo vazio depois que ela se ia, me dava a impressão de guardar a luz dela por algum tempo, como uma tela de tevê que ainda depois de apagada dá a impressão de permanecer iluminada. E em tudo ela, logo se via, dava-se ao amor com dedicação profunda, tocante e a sério.

2.

Olhei para o sofá vazio, enquanto me chegava incessantemente aos ouvidos a distante música da festa. Em meio a isso, como num fundo aveludado de perda, que realçava o valor de tudo, lembrei-me de fragmentos da conversa com ela.

Se, no Primeiro de Maio... Não se aborreça, de jeito nenhum... Nem pense que é fácil para mim... Sei o que você quer dizer... Mas este sacrifício é necessário... Sempre vou lembrar de você.

"Este sacrifício", repeti em silêncio. Aí estava, a palavra adequada.

Eu confiava em cada palavra dela, porque ela sempre levava tudo a sério e eu nunca a vira falar coisas à toa, mesquinhas ou dissimuladas. Se ela estava convencida de que o sacrifício era necessário, seria bobagem tentar mudar sua opinião.

E eu realmente não fiz nenhuma tentativa. Por horas e horas, depois que ela se foi, andei pelo apartamento, triste, até dar comigo diante da estante de livros. Um pouco como num sonho, fui atraído para o livro *Os mitos gregos*, de Graves, que eu lera por aqueles dias, e pus-me a folheá-lo.

Nem naquela hora, nem mais tarde, tive condições de compreender por quais misteriosos caminhos o mecanismo de meu cérebro despiu a palavra "sacrifício" de seu significado banal e corriqueiro ("Camaradas, a hora exige sacrifícios no fronte do petróleo, sacrifícios na pecuária" etc.), para seguir adiante, muito adiante, até seu lugar de origem. Ali onde ela era ainda majestosa e sangrenta.

Essa incursão por paragens longínquas deve ter sido também a superação decisiva. Daí em diante, chegar à analogia entre o sacrifício de que Suzana acabara de me falar e aquele da Ifigênia dos gregos foi apenas um passo.

Por que criei em mim a analogia? Porque Suzana empregou especificamente aquela palavra, e seu pai, tal como o de Ifigênia, era um chefe de alto coturno? Ou simplesmente porque o livro de Graves me transportara naqueles dias para uma atmosfera mitológica?

Como disse, eu não estava em condições de compreender. Assim, de pé, febril, impaciente, reli tudo que havia ali sobre o célebre sacrifício da filha de Agamenon: as hipóteses sobre o porquê de o chefe grego ter consumado o ato macabro, suas razões, legítimas ou não, até a alternativa de um falso sacrifício, uma encenação, portanto, com a substituição da jovem, na última hora, por uma corça etc.

Começava a guerra em Tróia e foi então
Que o grego a Ifigênia imolou.
Na Ilíada da revolução
Fui eu quem a ti sacrificou.

Fora eu que criara aqueles versos, enquanto percorria inquieto o apartamento, depois de deixar o livro na estante, ou a memória o extraíra de alguma longínqua leitura esquecida? Em mim toda tristeza profunda freqüentemente se manifesta numa espécie de torpor. Era como eu estava naquele dia: inerte, incapaz de ser preciso. Não saberia especificar, por exemplo, quem naqueles versos fazia o sacrifício. Quem seria o imolador? Eu? Ou o pai dela? Às vezes parecia que era ele, às vezes eu próprio ou, quase sempre, os dois juntos.

O barulho chegava de fora amortecido. Decididamente as ruas se esvaziavam. Ao que parecia, as alas que iriam desfilar agora já se concentravam nos lugares previstos. Mas o silêncio era tão ensurdecedor e opressivo quanto o alarido que o precedera. Recordava-me a todo instante que meu lugar era ali, em meio à vivacidade festiva, e não aqui, na solidão.

Já passava das oito e meia. A essa altura eu não tinha mais a menor esperança de que Suzana viesse. Ela sempre fora pontual. Eu já quase lamentava essa sua virtude, que tantas vezes bendissera, mas que agora me privava de qualquer chance de uma última esperança. Eu tratara de justificar os primeiros cinco minutos de atraso (um direito das mulheres ao qual ela voluntariamente renunciava). Buscara a desculpa das confusões no trânsito, coisa comum em dias de festa, mas isso, longe de tranqüilizar, agravara a tortura da espera. Veio o segundo bloco de cinco minutos, ainda mais sombrio que o primeiro, e eu por várias vezes dei comigo na porta, pronto para sair à rua.

Decidira esperar até quinze para as nove e depois ir para a festa. Pelo menos não perderia as duas. A aflição quanto ao que iria acontecer se dessem pela minha falta de alguma forma fora até então desviada pela idéia de que bastava ela aparecer e eu daria um jeito (errei o caminho, os guardas fecharam a passagem antes da hora etc.). Então, bastava ela aparecer. Mas agora que eu a perdera não fazia sentido criar mais problemas com a minha ausência. Além do quê, ainda poderia vê-la na tribuna, ou estar ao lado dela, ali onde ficam habitualmente as mulheres dos dirigentes.

Esse último raciocínio venceu minhas últimas vacilações. Cinco para as nove, abri a porta e saí.

3.

As escadas do prédio estavam desertas, tal como a rua. Só se viam raríssimos transeuntes. Senti um primeiro alívio, causado talvez pelo espaço aberto. Ergui a vista, atraído por um olhar. De fato, numa das varandas aparecera meu vizinho. Fitava a rua com sua habitual expressão de sofredor. Fiz um movimento para sair do seu ângulo de visão. Diziam que ele era um daqueles que riram no dia da morte de Stálin, o que prejudicara de vez sua carreira de cientista, iniciada com brilhantismo. Tantos anos tinham se passado e, apesar disso, pelo que eu me recordava, a expressão sofredora nunca o deixava. Deve ter havido um sem-número de pessoas que se regozijaram nas cerimônias fúnebres daquele dia, na maioria por razões à-toa, por um desafinamento dos mecanismos do riso, coisa que acontece em tais ocasiões, mas isso jamais foi aceito como explicação. Foram golpeados sem piedade, e agora, tanto tempo depois, era fácil identificá-los pela expressão sofredora, com a qual pagavam pelo resto da vida aquela risada.

Seria melhor você olhar sua própria cara, eu disse comigo. Na verdade, ela não devia estar menos tristonha.

Como se temesse que minha cara fechada chamasse a atenção, peguei o convite e pus-me a examinar com ares de interesse o verso do papel, onde estavam assinalados os pontos de passagem para chegar à tribuna.

Uma parte das pessoas que ainda passavam na rua devia ter convites tal como eu. Logo se via, não só pelas roupas, mas também por toda a aparência, pelo modo de andar e pelo sorriso. Distinguiam-se por completo dos demais, que tinham saído à rua apenas na esperança de achar uma brecha para espiar o desfile, ou que haviam se perdido da ala de sua empresa e agora andavam sem rumo, com semblante culpado.

A rua das Barricadas, paralela à avenida principal, estava cheia de gente. O som de uma banda chegava aos pedaços, vindo de longe, talvez da praça em frente à tribuna. Cada vez que eu o ouvia, apertava o passo, embora já passasse das nove e não houvesse mais motivo para pressa.

Os convidados da tribuna ainda se misturavam com outros passantes, mas eis que mais adiante já se notava uma segmentação física. No começo da rua de Elbasan, uma das calçadas estava liberada para todos, enquanto na outra, a da direita, só passavam os que tinham convite. O controle de verdade só devia começar bem mais adiante; aquilo era só uma triagem preliminar. Mesmo assim, a maioria dos que tinham convite preferia diferenciar-se logo dos passantes ordinários, sob os olhares atônitos destes.

Continuei a andar pela calçada comum, pensando que talvez Suzana estivesse na tribuna C-1, a mesma onde ficava o meu lugar, quando de repente esbarrei com B. L.

Não o via fazia anos. Alto e risonho, mas com um riso diferente daquele que parecia emanar das flâmulas da festa, ele me abraçou num impulso, duas vezes até. Para dizer a verdade, tamanha exibição de saudade não me pareceu lá muito justificada. Era fato que tínhamos andado juntos anos antes, quando eu estudava direito e ele estava no Instituto de Artes, mas não a ponto de sentirmos falta um do outro.

— Como vai? — indagou. — O que me diz da vida de jornalista? Tevê, câmeras, vida moderna, isso é que é...

— E você? Ainda está em N.?

— Ah, nem me fale — respondeu ele, com a mesma cara brincalhona. — Não me dei bem. Para dizer a verdade, ia até direitinho, mas depois, por causa de um erro, me mandaram trabalhar com um grupo de amadores no campo.

— Foi mesmo?

— Juro. Aí encenei uma peça... com trinta e dois desvios ideológicos. Já pensou? Para ser franco, ainda bem que escapei.

Eu devia estar com uma expressão entre espantada e descrente, pois ele prosseguiu:

— Com certeza você acha que estou brincando, mas é a pura verdade.

E voltou a falar dos trinta e dois desvios ideológicos, num tom descuidado, sem queixa nem menosprezo. Dir-se-ia que até sentia um certo júbilo, ou mesmo uma secreta admiração, sem ficar claro se era por aqueles que tinham tido a manha de contabilizar um por um todos aqueles desvios ou se por ele mesmo, que fora capaz de cometer não um reles desvio, um errinho, mas uma catástrofe tão colossal. Ou seriam as duas coisas?

— Pois é — concluiu. *Vinte e seis eles foram, vinte e seis; as areias de antanho não encobrem suas tumbas*.

Nunca entendi o que faziam em nossa conversa aqueles versos de Yessiênin.

Enquanto isso, nos aproximávamos do cruzamento onde os convidados se separavam de uma vez por todas dos transeuntes comuns. Em outras circunstâncias eu nunca mostraria o convite ao meu ex-colega condenado, mas agora seria obrigado a fazê-lo. Calhou de ser logo depois da pergunta dele — "E você, como anda?". Em seguida, sem jeito, com um sorriso culpado, tirei o convite e disse:

— Como você vê, fui convidado para lá, de maneira que...

Não sabia como concluir a frase, se em tom de brincadeira ou a sério, ou com uma ironia que nem eu mesmo saberia a quem se destinava, se a mim, a ele ou ao destino, quando B. L. me livrou do dilema com uma exclamação jovial.

— Você tem um convite? Bravo! Isso me deixa muito contente. Mas talvez você deva se apressar, já está atrasado...

Nem no rosto nem na voz dele havia qualquer traço de ironia, ou de secreta inveja, e tive um drama de consciência naqueles vinte metros finais, pensando que iria ter dificuldade para escapar dele.

Depois da esquina, antes de chegar ao primeiro cordão de isolamento da polícia civil, virei a cabeça e dei com o rosto dele a me acompanhar alegremente, enquanto acenava com a mão.

Eu estava um pouco surpreso com tanta gentileza. Ainda assim, a suspeita de que aquilo era apenas um sintoma da degradação de uma pessoa que, por razões não muito bem explicadas, se toma de amores por sua própria decadência (uma suspeita que em outras circunstâncias me afligiria), dessa vez foi varrida por aquele impulso de amistosa alegria, o que me facilitou bastante o primeiro contato com o cordão policial.

— Identidade!

Com o rabo do olho, segui o olhar do policial, da fotografia do documento para o meu rosto, tentando, não sei por quê, descobrir nele sinais de descrença, de malevolência ou de respeito. Um pouco depois, enquanto eu me afastava, ia pensando que era mesmo uma bobagem minha preocupar-me, por pouco que fosse, com o sentimento que haveria de causar meu nome, minha cara ou meu convite num policial civil que talvez eu nunca mais encontraria.

A avenida Marcel Cachin, que ligava a rua de Elbasan à avenida principal, estava completamente congestionada. Ao longo dela só havia convidados, em grupos ou isolados como eu. Alguns traziam crianças, que seguravam bandeirolas ou flores artificiais. Outros ostentavam condecorações, cujo dourado se refletia em suas faces. Um homem baixo caminhava energicamente diante de mim levando duas garotinhas pela mão, uma com fita vermelha no cabelo, outra com fita azul, e com fisionomias típicas de uma cena de documentário sobre a festa.

O segundo posto de controle não estava longe do primeiro. Eu esperava que fosse mais rigoroso, porém na verdade se repetiu o mesmo procedimento, certamente para o desapontamento de alguns dos que compareciam pela primeira vez e esperavam por um controle severo, cujo rigor realçaria o valor do convite obtido. Tanto isso era verdade que o homem das garotinhas que passou diante de mim exibiu um patente desagrado quando disse aos guardas que elas eram suas filhas, que trazia consigo as certidões de nascimento, e os dois policias retrucaram com desdém: "Podem passar!".

O homem balançou a cabeça como se dissesse: Que vigilância! Seu sentimento era tão evidente que me deu vontade de intervir e dizer: Não se preocupe, até chegarmos à tribuna haverá outros postos de controle muito mais minuciosos!

Aquela parte da avenida Marcel Cachin, além de ampla, descrevia um arco, de modo que se podiam avistar quase todos os círculos de convidados. Eles se sucediam com impaciência contida, sob o céu primaveril, o que, com as condecorações, as bandeirolas e os acordes de música que soavam cada vez mais claros, criava uma solidariedade radiante entre os desconhecidos. E era compreensível. O simples fato de termos sido selecionados pela mesma mão (a mão do Estado) para a mesma solene exibição de alegria criava entre nós uma aliança dourada, um desejo de trocar palavras, sorrisos, ainda que gratuitos. No fundo, no fundo, os outros passantes, comuns e sem convite, tinham ficado atrás dos cordões de isolamento para que não nos incomodassem com aqueles seus olhares fixos, interrogativos e insistentes: Por que logo você foi convidado?

Envergonhei-me de partilhar daquele idílio festivo e repentinamente senti uma vontade nostálgica de rever B. L., aquele mesmo a quem eu tratara não sem um certo aborrecimento, enquanto ele se mostrara tão generoso a ponto de, em vez de me fazer a maldita pergunta, alegrar-se sinceramente por mim, ainda que ele estivesse havia muito à margem da festança.

No terceiro posto de controle, encontrei um ativista do meu bairro. (Só então me dava conta de que, ao lado da polícia civil, atuava todo tipo de funcionário do Ministério do Interior, assim como das organizações de bairro, também estes, com certeza, colaboradores secretos.) Em outra circunstância eu o veria com desprezo, mas ali, naquela irradiação festivo-convergente-anistiadora, me deu vontade de saudá-lo com um sorriso. Mas ele, longe de corresponder ao meu aceno, fez como se não me conhecesse. Folheou com frieza meu documento — dir-se-ia que nunca tinha me visto, ainda que nos encontrássemos todos os dias na leiteria — e, sem me fitar, disse: "Pode passar!".

Por um instante senti a face rubra de humilhação, mas logo me dei conta de que a frieza dele me causava uma indefinida satisfação. Era a prova de que, independentemente de que eu estivesse então no rol dos eleitos, mesmo que obscura, indiscernivelmente, aquilo me proporcionava, de cambulhada com a vergonha, um certo alheamento, uma sensação de que no fim das contas eu não me fundira com aquele conjunto ou, mais precisamente, com a parte ruim dele. Ali estava: o ativista do bairro me tratara com animosidade. Com certeza resmungara consigo: E esse cara, o que está fazendo aqui? Quem escolheu gente dessa laia para a tribuna?

Foi o que me bastou para notar outros sinais de hostilidade. Quanto mais eu me aproximava da avenida, mais eles se multiplicavam. Mas aquilo era o de menos. Precisamente quando eu menos esperava, quando pensava que dali por diante estaria a salvo da inveja (e era compreensível que as pessoas acostumadas a figurar sempre nas listas dos escolhidos olhassem com maus olhos um convidado novo), quando pensava que só precisaria me haver com os ciúmes, tendo ultrapassado a indagação suspeitosa — "Mas aquele ali, o que fez para merecer um convite?", já que estávamos todos em pé de igualdade, por assim dizer, no mesmo saco, justamente ali a hostilidade se manifestou como nunca. Eram dois homens jovens, de sobretudo, com aqueles rostos que dão a sensação de ser de alguém que conhecemos de algum lugar, mas não sabemos de onde. Fitavam-me de lado enquanto vinham em minha direção. Tive a impressão de que um brilho irônico acompanhava seus olhares. Voltei-me e constatei o contrário, que não queriam nada comigo, que eu estava me tornando paranóico à toa, e então, para meu desconcerto, vi que não, que era mesmo comigo. Eles não só continuavam a me fitar como antes; também cochichavam entre si, enquanto sorrisos oblíquos se adensavam em seus lábios.

Senti-me ruborizar. A idéia de apertar o passo acorreu-me, e logo se converteu no contrário; devia ficar ali mesmo e dizer-lhes: Por que me olham assim como mulheres de programa? Eu tenho o mesmo direito de suspeitar de vocês, é ou não é?

Não fiz nem uma coisa nem outra. Continuei andando, tratando de afastá-los do pensamento. Tranqüilizei-me um pouco quando um grupo entusiasmado se interpôs entre nós. No meio dele, dei com o baixote das duas garotinhas, uma de fita vermelha, outra de fita azul.

Prossegui com meus botões o bate-boca com os dois desconhecidos. Por que vocês possuiriam o monopólio da suspeita e eu não? Afinal, que prioridade têm sobre mim nessa esfera?

Ia assim falando comigo, mas por alguma razão parecia-me que nada seria capaz de apagar o sorriso irônico da dupla. E de súbito pensei ter encontrado a chave do enigma: a prioridade era de quem suspeitava primeiro. O outro, mesmo inocente, estava em inferioridade pelo simples fato de ter se atrasado.

Que loucura, disse comigo. Tratei em vão de rememorar algo que lera sobre sentimentos de culpa coletiva e coisas assim. Mas nada me veio à memória.

Diante de mim, as duas garotas das fitas tagarelavam umas perguntas. O pai respondeu-lhes pacientemente, entremeando as respostas com palavras carinhosas dirigidas a cada uma delas.

O pai perfeito, levando as filhas pela mão, sob o sol do Maio Socialista. Um quadro idílico, pensei, mas me diga uma coisa: A que preço você obteve esse idílio? Quem mandou para a cadeia?

Assombrei-me com minha explosão de fúria. Mas isso não me impediu de lançar olhares ferozes para os lados. Eu era como aquele terrorista embriagado de sangue que perambula a esmo no meio da multidão. Antes que me ataquem, ataco eu! Quem se atrasasse, perdia.

4.

Pouco mais tarde senti a fronte coberta de um suor frio. Eu tinha perdido de vista os dois homens de sobretudo, assim como o quadro idílico das fitas vermelhas e azuis. Caminhava em meio a desconhecidos, que havia pouco acusara sem peias, enlameara grosseira, cegamente, sem cogitar por um instante que eles bem podiam fazer o mesmo.

A avenida principal não estava longe. E você, nada lhe pesa na consciência?, pensei. Seis meses antes, ao sair do Comitê de Bairro, aonde fora para uma confrontação, fizera-me essa pergunta pela primeira vez. Tal como na época, voltei a sacudir a cabeça numa negativa. Não, eu não tinha nenhuma sujeira na consciência. Mesmo que, sem querer, tivesse provocado a transferência para o campo de dois colegas do escritório vizinho, a condenação deles não tinha sido culpa minha. Pelo contrário, podia-se dizer que tinham sido eles, em sua idiotice, que quiseram me arrastar consigo. Aqui estamos no Comitê do Partido, e vocês devem saber que no Comitê do Partido não se mente, disse o secretário, percorrendo-nos alternadamente com os olhos. "Você" — disse, dirigindo-se a mim —, "onde ouviu falar dessa idéia caluniosa de que os boatos políticos sobre a queda iminente desse ou daquele alto funcionário não eram difundidos ao acaso por elementos pequeno-burgueses, mas plantados pelo próprio Estado, quer dizer, segundo você, por uma repartição secreta especial, intencionalmente, para preparar a queda de fato do funcionário em questão?"

Nunca na vida eu me sentira em tamanho aperto. Quem tinha me falado aquilo, na verdade, fora o meu vizinho de escritório, que estava ali petrificado diante de mim, mas eu não sabia que àquela altura ele já tinha confessado tudo. Sem pensar duas vezes, com uma espantosa confiança, em que eu próprio fui acreditando à medida que os segundos passavam, disse que lera aquela idéia num livro sobre a Tchecoslováquia após a ocupação soviética. Os olhos do secretário escrutinavam cuidadosamente a minha face, mas àquela altura eu já me convencera de que de fato tinha lido algo assim num livro. Calhou de me ajudar naquele arroubo de sinceridade eu ter mesmo acabado de ler um livro sobre a Tchecoslováquia.

Não sei o que na minha resposta agradou ao secretário. O normal seria ele valorizar a sinceridade do meu colega, que tinha admitido a verdade mesmo colocando-se em perigo, e suspeitar de mim. Mas aconteceu o contrário. Sem dar tempo aos dois para qualquer aparte (ainda bem, tinham dito eles mais tarde, era justo o que queríamos, que não pedissem mais esclarecimentos), chamou os dois de perigosos tagarelas, cretinos, mitômanos, vaidosos que se portavam como se entendessem de política quando, na verdade, nada entendiam. Mexeriqueiros doentios, que transferiam afoitamente para a nossa vida socialista qualquer coisa que ouvissem da monstruosa realidade burguesa-revisionista, e assim por diante. Enquanto isso, eu escapei com uma dessas críticas que soam mais como elogios: devia me mostrar mais atento ao discorrer sobre tais manifestações, para evitar mal-entendidos que conversas dessa ordem possam ocasionar, especialmente quando se trata de gente desastrada, sem formação política, como meus dois colegas.

Agora, rua, e nem uma palavra sobre isso, entenderam?! Essas foram as últimas palavras do secretário. Por muito tempo a atitude dele permaneceu como um enigma, assim como o inesperado encerramento da reunião. Seria uma daquelas engrenagens cegas que, em vez de rodar sempre na mesma direção, mudam de repente de sentido, provocando uma série de ilogismos? Ou o secretário achou mais cômodo encerrar o incidente com a ajuda de um fator eterno, a Tchecoslováquia? Ou simplesmente o secretário tinha tido problemas demais naqueles dias, críticas vindas de cima pela não-realização do plano e coisas assim, enquanto aquele episódio rastejava entre suas pernas e ele só queria se livrar dele?

Ele me encarou quase com simpatia por ter lhe aliviado aquele peso. Quando saíamos, tive até a impressão de que iria colocar a mão em meu ombro, naquele gesto que tantas vezes eu vira em filmes do Estúdio Nova Albânia. Mas mesmo sem mão no ombro passei dias a fio perseguido pela inquietação sobre o que iriam dizer de mim. E era algo natural, já que, dos três envolvidos na história, só eu saíra impune. Ainda tive sorte, pois os dois, antes de mudarem para a fazenda coletiva, disseram a torto e a direito que eu não tinha nada a ver, que a culpa era toda deles e que ainda bem que tudo terminara por ali, pois poderia ter sido pior.

Mais tarde, ao rememorar aquele dia, acorriam-me cada vez com mais freqüência as palavras “Agora, rua, e nem uma palavra sobre isso, entenderam?!”. A afobação do secretário ao encerrar a questão, sua gratidão para comigo e principalmente a tendência para tratar tudo como uma maluquice, uma coisa de idiotas e mitômanos vaidosos, foram pouco a pouco esclarecendo o que tinha me parecido um enigma. Não houvera enigma algum, nem ilogismo criado pela cegueira de uma engrenagem. Nem se tratava de um secretário assoberbado por problemas. Fora apenas um jeito esperto, o único, talvez, de deter o disse-que-disse. Na realidade era um daqueles boatos azedos que o Estado tinha interesse em sufocar a todo custo.

Tanto que, quando a punição deles foi anunciada, ninguém falou da causa verdadeira, mas de erros no trabalho, desses que se podem encontrar em qualquer um e a qualquer hora.

O realmente lógico teria sido o Estado fechar os olhos e eles não sofrerem punição alguma. Mas sabe-se lá qual engrenagem continuara a girar por conta própria, numa direção que reclamava punições, custasse o que custasse. Ou seria outra coisa e eu não estava entendendo nada?

Tudo aquilo foi me ocorrendo caoticamente, enquanto eu me aproximava da avenida principal. Depois de tantos meses de tranqüilidade, a possibilidade de que o acontecido despertasse suspeitas voltava a me corroer. Na realidade, qualquer conhecido que me visse na tribuna teria o direito de pensar o pior. Eu mesmo por mais de uma vez já me perguntara: Não teria eu servido de instrumento cego para fazer submergir fundo e mais fundo algum companheiro meu? No final das contas, era a mim que deviam a acusação de infiltrar fatores de atraso revisionistas na realidade socialista... Sem contar que os dois me veriam na tela da tevê. Certamente diriam: Pensamos que ele aliviou nossa situação, mas enterrou-nos, e bem fundo, já que foi tão bem recompensado.

Teria sido melhor não me darem esse convite, pensei. Ou não ter vindo, como tinha combinado com Suzana. E subitamente toda a tristeza de sua ausência me esmagou com o peso de uma pedra tumular. Tudo de ruim numa mistura só, meu Deus, pensei.

Ali onde as duas avenidas se cruzavam havia um novo cordão de isolamento, mais rigoroso que os outros. Mas agora eu já nem ligava. A cada nova barreira, nascia-me um desejo secreto de que o guarda encontrasse alguma irregularidade em meu convite e me mandasse de volta.

Mas era uma esperança vã. Em certos assuntos nunca acontecem atrasos, esquecimentos ou lacunas. A emissão dos convites devia fazer parte dessa categoria.

As duas calçadas da avenida principal estavam repletas. Ali era o lugar destinado à maioria dos convidados. Era o que constava em seus convites: "Ao lado da tribuna". Já nós, os convidados para a tribuna propriamente, teríamos que atravessar aquela confusão. Até agora eu tinha atraído suspeitas e rancores, só por estar na rua; quando soubessem que eu seguiria mais adiante, mais alto, sabe-se lá que ressentimento me atingiria. Aliás, o pior dos males deveria surgir justamente ali. Eu tinha a sensação de que, quando eles ficassem sabendo, me agarrariam pelo paletó para deter-me enquanto davam o alarme.

Instintivamente, contive os passos, para evitar a desconfiança de que eu pretendia seguir adiante. Queria dar a impressão de que só buscava um bom lugar para ficar, tal como faziam os recém-chegados.

Pouco depois reparei que aquela calçada parecia, mais ou menos, um lugar de passeio. Como os melhores lugares para ver o desfile estavam muito ocupados, os demais convidados ficavam batendo pernas sem rumo, encontrando conhecidos em explosões de alegria. Aqui e ali brilhavam medalhas mais raras, entre elas algumas de "Herói do trabalho socialista". Visto de fora por aqueles que pouco antes acompanhavam atônitos nosso avanço rumo à tribuna, aquele ambiente devia parecer um canto do paraíso. Um grupo seleto de socialistas ao sol dourado de maio, ao som de uma música celestial...

E no entanto, pensei, ainda que não seja assim, ainda que não fosse nem de longe um canto do paraíso, talvez não fosse tampouco o pedaço de inferno que me parecera havia pouco. As coisas talvez fossem mais simples, enquanto minha consciência atormentada acentuava sua dramaticidade.

Tranqüilizei-me um pouco, olhei as horas: nove e meia. Talvez fosse o momento certo de subir à tribuna. Eis que, em meio à massa humana, se formara uma espécie de fila dos que para ali se dirigiam e, para minha surpresa, não notei no semblante deles nenhum sinal de culpa, vergonha ou constrangimento. Longe disso, muitos, até com certo orgulho, mantinham o convite na mão, aproximando-o dos olhos ou afastando-o um pouco, como se conferissem onde era o seu lugar (como se não tivessem tido tempo de sobra para fazê-lo dúzias de vezes em casa), e então seguiam sua marcha, muito sérios, sempre em frente.

Eu iria entrar também naquela fila e parar de martelar a cabeça com o que quer que fosse. Afinal, eles compareciam àquela tribuna havia anos, enquanto eu ia pela primeira vez. E com certeza pela última.

"Adiante, adiante, todos adiante!", entoava uma voz no alto-falante ao lado, como que a encorajar-nos. Ou a zombar da minha indecisão. Achei que fosse sorrir comigo mesmo, mas o sorriso congelou em meus lábios. À direita, no meio de um grupo de homens jovens, na maioria conhecidos meus (uma parte trabalhava no A *Voz do Povo*, outra na assessoria do Comitê Central), vi R. Z.

Não sei se mais alguém no meio daquela imensa multidão me recordaria tão repentinamente tudo que existe de pior, de mais sombrio e desesperançado. Uma fossa negra, uma perdição, um espasmo mortal buscando a todo custo escapar do caos... Sim, aquela era a antiga fábula da queda de Calvo.

Certa noite, ao andar na escuridão, Calvo tombou num buraco e caiu, caiu, até chegar ao mundo de baixo...

5.

Eu conhecia R. Z. desde o tempo em que trabalhara conosco na televisão, e desde então ele nunca me agradara. Era cinzento, mas daquele tipo de cinza ruim, sujo, que se somava às camisas não muito limpas que usava e, mais ainda, à sua suposta reverência pela simplicidade, que não passava de um culto da pobreza, e ao fato de que nas reuniões recordava com freqüência sua orfandade ("Eu, camaradas, sou órfão; minha mãe foi o Partido...."), coisa que comovia muitos participantes, mas enfurecia um companheiro nosso ("Que charlatão, meu Deus!" — grunhia —, "na verdade ele tem mãe, só o pai morreu, por que então não dizer que o pai dele foi o Partido?"), e tudo isso misturado dava vontade de chamar R. Z. de estrumeira.

Ocorre que precisamente daí se originavam as raízes de sua carreira. Pois para se fazer carreira, como dizia um amigo, além do zelo e da eficácia é preciso possuir algo de especial, que quase se confunda com o código genético da pessoa. E esse dom, que em alguns é a impiedade, a desconfiança congênita, o servilismo ou sabe o diabo o que mais, em R. Z. era a sua suja orfandade, que não se sabe por que criava nos dirigentes a confiança de que caso lhe pedissem ele passaria por cima de tudo e todos.

Com efeito, fizera uma certa carreira. Primeiro na Rádio-Televisão, depois no Teatro Nacional, onde se diz que era muito conceituado. E logo se via que tinha uma vontade insaciável de subir e subir. Até que, certa noite, um primo dele foi preso...

Certa noite, Calvo caiu no mundo de baixo...

Nunca me passara pela cabeça que uma nulidade como R. Z. pudesse despertar em minha consciência um paralelo entre a venerável e célebre fábula e um episódio tão prosaico da vida cotidiana. Mas, como dizia meu chefe no escritório, quantas vezes um inseto imundo e desprezível nos traz à mente coisas grandiosas?

Depois da infausta queda, Calvo fez o que pôde para achar os meios e modos de subir novamente ao mundo de cima. Buscou e buscou, aqui e ali, até que um velho lhe mostrou o caminho. Havia uma águia capaz de levar alguém nas asas até lá, porém com uma condição: durante a viagem a ave precisaria comer carne! Calvo não achou que fosse uma condição tão difícil.

(O que teriam imposto a R. Z. para trazê-lo de volta ao mundo de cima? A carne de quem?)

R. Z. passou noites e dias como num delírio. Batia de porta em porta pelas mais diversas repartições, a maldizer o primo, a renegá-lo, jurando que era capaz de esganá-lo com as próprias mãos e solicitando que o Partido o pusesse à prova. Quem o conhecia de perto dizia que sua exaltação não era fingida, que tinha lá sua autenticidade. Quanto a mim, assim que ouvi a história, pareceu-me um caso extremo de degradação humana, sem tirar nem pôr.

Ele se agitava, de um lado para outro, em busca da saída, embriagado de subserviência, de disposição para servir, talvez assombrado consigo mesmo em face das reservas de bajulação ao Partido de que alguém era capaz. E foi de escritório em escritório, de corredor em corredor, até que por fim alguém lhe mostrou a maneira de se reerguer. Havia alguém, mas com uma condição... R. Z. não achou uma condição tão difícil assim.

Ninguém jamais descobriu o que foi solicitado inicialmente a R. Z.

No mundo de baixo, Calvo conseguiu uma quantidade de carne, subiu na águia, e assim começaram a viagem rumo ao mundo de cima. Durante o trajeto, a águia pedia carne de tempos em tempos, e Calvo lhe dava um pedaço.

R. Z. foi privado do direito de publicar; no entanto, permaneceu no Teatro. Ali amigos íntimos garantiram-lhe que as coisas em breve iriam se esclarecer. Mais duas ou três semanas, no máximo quatro ou cinco, e seu destino se divorciaria da sina do primo. Mais ainda por não serem nem primos-irmãos... Mas o esclarecimento não veio, nem em duas ou três, nem em quatro ou cinco semanas...

O vôo da águia para o mundo de cima se prolongava mais do que Calvo pensara. A carne acabara e ele olhava apavorado para o negro precipício por onde iam. O abismo parecia não ter fim.

Cró, cró, fez a águia — era seu grito de fome. Calvo tremia de medo. O que podia fazer? Caso não desse carne à águia toda vez que ela pedisse, a ave o atiraria no abismo, dissera o velho.

Cró, gritou a águia pela segunda vez. E Calvo, sem vacilar, cortou o próprio braço com uma faca e deu-lhe um bocado de carne.

Ninguém nunca soube ao certo o que R. Z. chegou a fazer durante a semana em que foi posto à prova. Soube-se apenas de uma provocação que fez, numa reunião do Partido, contra um conhecido dramaturgo. Depois, houve uns versos dedicados ao dirigente do país, que ele enviou através de seus filhos, por meio de um guarda conhecido seu, com a queixa de que não podia publicá-los, por razões já sabidas. Por fim, o mais importante, a prisão de um jovem cineasta, baseada num comentário (com certeza acompanhado de uma denúncia) de R. Z. sobre um roteiro do preso.

Levei as mãos à fronte para aliviar uma dor de cabeça. Não, aqui a fábula de Calvo, que alimentava a águia infernal com sua própria carne, distanciava-se da história de R. Z. Este não entregou à sua águia nem um bocado de sua carne, só carne alheia. Cortar a própria carne, fosse como fosse, teria uma dimensão trágica e uma fúnebre grandeza que eram absolutamente alheias a R. Z. e a tipos como ele. Destes, ninguém dirá que se imolaram por quem quer que fosse... Quanto a Calvo...

Crau, crau, grasnou a águia algum tempo mais tarde e Calvo viu-se obrigado a se desfazer de um pedaço de carne de sua coxa. Acabrunhado, fitava os negros penhascos abissais, cujo fundo não se via. Depois seus olhos se detiveram em cada uma das partes de seu corpo que teria de cortar quando a águia voltasse a gritar. Deus do Céu, todas eram igualmente dolorosas!

A águia voava e voava, em meio a uma fria penumbra. Grasnava de quando em quando, e ele cortava ora de um lado do corpo, ora do outro. A viagem nunca acabava. Às vezes ele pensava avistar uma nebulosa claridade ao longe. Mas era apenas uma ilusão de seus olhos cansados.

Crau, crau... Ele começara a cortar partes de seu tronco, pois as outras partes do corpo já estavam quase completamente descarnadas. Outra vez parecia que algo branqueava o horizonte...

Não se sabe se ele ainda era senhor de seus sentidos quando a águia chegou por fim ao mundo de cima. Sabe-se apenas que a gente desse mundo, os que calharam de estar por lá, não acreditaram no que viram: uma enorme ave negra que trazia nas asas um esqueleto humano. Ei, vejam que coisa espantosa, bradavam uns para os outros, uma águia conduzindo o esqueleto de um morto...

6.

Eu perdera R. Z. de vista e não queria mais me lembrar dele. Outros tinham sido aqueles que, por motivos diversos, haviam retalhado o próprio corpo para que a fatalidade não os precipitasse nas escarpas sem volta.

Talvez eu fosse um deles. Tínhamos enveredado por um caminho sem saber aonde ele nos levava, sem suspeitar de sua extensão, e depois, no meio da jornada, ao vermos que nos enganáramos, que se fazia tarde e era impossível voltar, para que a treva não nos devorasse cada um começara a ofertar bocados de si.

Continuei a friccionar as têmporas com a mão. Em torno de mim, o falatório e a música festiva se fundiam numa coisa só. Mas eu estava longe, no abismo tenebroso e sem fim, ali onde voamos perdidamente, um aqui, outro adiante, cada qual cavalgando sua águia.

— Ei, você por aqui?! Parece no mundo da lua... Boas festas, sobrinho!

Era meu tio, que ao lado da alegria não ocultava o espanto por me ver ali. Este era tão grande que tive a impressão de que ele ainda pestanejava, como alguém que não acredita no que enxerga.

— É meu sobrinho, trabalha na Rádio-Televisão — disse, não sem uma ponta de orgulho, para um pequeno grupo que devia ser de conhecidos.

Eu não gostava do meu tio. Havia anos, cada vez que nos encontrávamos era comum brigarmos, pois tínhamos opiniões diferentes sobre tudo. Sobre as deficiências dos quadros, sobre as carências do mercado, sobre Stálin, sobre os programas de tevê, sobre a questão de Kossova* etc. etc. Não me lembrava de uma questão em que tivéssemos estado de acordo. Até se falávamos do tempo, que geralmente funciona como um neutralizador de situações tensas, pensávamos diferente. Eu preferia o frio, ele o calor, e ele nunca deixava de extrair daí uma conclusão ideológica: Claro que você prefere os climas da Europa, já que em tudo mais só pensa nela! E em que pensaria? — contestava eu. — Em Bangladesh, na Ásia? Skanderbeu** lutou por um quarto de século para livrar a Albânia da Ásia e devolvê-la à Europa, enquanto vocês, você e seus amigos, aonde estão nos levando? Tentam isolar a Albânia outra vez!

Aqui habitualmente começava a briga sobre os chineses, e tudo ia por água abaixo. Ele me xingava de liberal, revisionista, espumava de furor quando via que aqueles epítetos não me impressionavam, buscava em vão outros mais ofensivos e, ao não encontrá-los (pois para ele aqueles eram os piores), voltava a eles. Revisionista, liberal incorrigível... Ao passo que eu o chamava simplesmente de filochinês e proclamava minha alegria por o país não ter rodas, do contrário quem sabe onde nos encontraríamos, em algum lugar no meio do deserto de Gobi ou do Tibete. E

* Kosovo. Optou-se aqui por uma grafia mais próxima da pronúncia albanesa daquela conflituosa região sérvia de população majoritariamente albanesa. (N. T.)
** Referência a George Kastriota (1403-68), dito Skanderbeu ou Skanderbeg, herói nacional da resistência albanesa à ocupação turco-otomana. (N. T.)

acrescentava: Ali você com certeza se sentiria seguro, longe da maldita Europa.

Tínhamos brigado sobre os chineses durante o tempo da amizade com eles, mas igualmente na época do rompimento. Quando correu o primeiro boato sobre um esfriamento das relações, ele apareceu em casa com uma fisionomia meio fatigada, pensativa. Parece que você tinha razão em alguma coisa sobre os chineses, sobrinho. Parece que aqueles chineses não eram aquilo que pareciam. Mas justamente naquele dia, que ao que tudo indicava seria o dia da reconciliação, foi quando ocorreu a briga mais feia. Foi a primeira vez que eu o chamei de "debilóide" e que ele ameaçou me denunciar.

Para dizer a verdade, fora eu quem abrira as hostilidades quando ele se dissera admirado, pois eu, campeão do ódio aos chineses, não festejava agora o rompimento com eles. Sobrinho, você é espantoso, um grande chato. Há anos você faz gato-sapato dos chineses e agora que esse assunto está se resolvendo, em vez de se alegrar, você torce o nariz!

Foi quando eu perdi as estribeiras. E por que me alegraria?, quase gritei. Melhor seria chorar. Mas você não iria entender, seu debilóide.

E continuei a desabafar, que estávamos rompendo com os chineses não pelos defeitos deles mas, ao contrário, porque estavam a ponto de se desvencilharem dos defeitos. Estávamos desconsolados com isso. Tínhamos ficado amigos deles precisamente por causa daquelas porcarias, e agora que eles as rejeitavam nós lhes dávamos as costas. Era mesmo uma lástima, uma verdadeira lástima. Mas sempre tínhamos sido assim. Tínhamos sido amigos dos iugoslavos na época de sua maior selvageria e nos afastado deles desde o primeiro dia de abrandamento. Tínhamos sido amigos dos soviéticos nos anos do mais drástico stalinismo e esfriamos com eles assim que deram os primeiros sinais de civilização.

O mesmo acontecia agora com os chineses. Todos, um após o outro, por fim se cansavam e se afastavam do mal e das trevas. Enquanto nós permanecíamos como seus últimos defensores. Tínhamos nos tornado a musa do mal, a vergonha da Terra. Onde achar outro país assim? Lugar maldito, três vezes maldito.

Ele escutava com os olhos arregalados de espanto, com raiva, horror. Houve ocasiões em que tentou me interromper, mas aparentemente tinha a boca seca. Só quando gritei "país maldito" conseguiu dizer: Vou te denunciar!. Denuncie!, respondi. Mas não se esqueça de que a sombra cairá também sobre você!

Então, como de costume naquelas ocasiões, ele puxara sua caixinha de remédios para tomar um comprimido de trinitrina.

Essa fora nossa penúltima querela. A última tivera como causa um lema do Dirigente: "Defenderemos os princípios do marxismo-leninismo mesmo que sejamos obrigados a nos alimentar de ervas". Eu disse a meu tio que não podia imaginar um lema mais incompreensível e até ofensivo à dignidade de um povo. Que princípios seriam esses pelos quais devíamos nos transformar em gado? E para que nos serviriam? Para a glória do pastor?

Pálido, com o queixo tremendo, ele não sabia o que responder. Então, ande, fale, dissera eu. Por que precisaríamos de princípios que nos obrigassem a virar animais, como a feiticeira Circe? Enquanto pensava comigo: quem sabe não seria esse o desejo secreto dele, rebaixar as pessoas à condição de comedoras de capim? Submissão, emburrecimento. E tudo em nome dos princípios do marxismo. Oh, Deus, que comédia!

Compreende que comédia macabra é esta?, gritara eu. O mundo inteiro goza a vida, enquanto nós deveremos nos sacrificar pretensamente em nome de uns princípios. E o que o povo albanês tem a ver com os princípios do marxismo-leninismo, se o mundo os abandonou, como você mesmo diz? Por que razão este povo pobre, sacrificado, deveria ser o último e o único defensor de princípios, que, no final das contas, nem foi ele que inventou? Em nome do futuro do mundo? Quer dizer, já que os parisienses, os londrinos, os vienenses e os outros, cegos pela abastança, pela música e pela boa vida, enveredaram pelo mau caminho, nós, albaneses, estamos prontos a nos sacrificar e a comer ervas pela salvação deles?

Ha-ha-ha, que farsa macabra!

Chega, interrompera-me ele por fim. Você está podre até o tutano, não consegue entender essas coisas. Não pode compreender que, mesmo que a Albânia seja varrida da face da Terra, não importa, desde que vivam as idéias do nosso Dirigente!

Eu ficara boquiaberto com aquela formulação, que escutava pela primeira vez. (Mais tarde soube que fora dita pelo ministro do Interior, numa reunião secreta com os quadros.)

Aparentemente meu tio havia tomado meu silêncio como um sinal de que eu estava encurralado. Assim, fitara-me por alguns segundos, com um olhar triunfante, enquanto eu voltara a investir, dessa vez de um jeito que ele não esperava.

É você que, ao falar assim, faz a acusação mais pesada ao Dirigente.

Eu? Acusar o Dirigente?, zombara ele. Aliás, quem falou do Dirigente?

Você, exatamente você, prosseguira eu. O simples fato de colocar o dilema, ou a Albânia ou o Dirigente, é a mais grave acusação contra você. Significa que, na sua concepção, ou é uma ou o outro, não há lugar no mundo para os dois. Numa palavra, *mors tua, vita mea*.

Eu não disse isso, bradara meu tio, não distorça minhas palavras.

Disse, sim, gritara eu. Disse com todas as letras: que a Albânia seja varrida para que vivam as idéias do Dirigente!

E de repente tudo se confundira dentro de mim. Não seria

precisamente esse o sonho secreto do Dirigente, varrer da face da Terra a Albânia, esse país incômodo, com esse povo pobre que se põe de pé, que precisa ser alimentado, governado? Se ele fosse varrido, aniquilado, que belo trabalho seria. Morto, é certo, mas redivivo nas idéias do guia. E como tudo seria mais cômodo: sem realidade a expressar o contrário, sem manchas, sem o testemunho dos crimes. Apenas os livros, as idéias, a luz.

Eu não disse isso, continuara a gritar meu tio. Você manipula as palavras, é o demônio em pessoa.

Conforme a rotina habitual, nossa briga se aproximava do fim. Vou te denunciar. Denuncie, mas a sombra há de cair também sobre você. E por fim as trinitrinas, com a única diferença de que daquela vez eu também berrara: Eu é que vou denunciar você! E não satisfeito com isso, movido por um penetrante sarcasmo (já reparara que ele me acalmava, especialmente quando atingia meu tio), prossegui: Vou te denunciar, só lamento que a sombra recaia também sobre mim!

Aqui ele perdera de vez as estribeiras, de modo que o fim de briga tinha se transformado numa cena verdadeiramente grotesca, em que se misturavam as denúncias que faríamos um do outro, as sombras que projetaríamos um sobre o outro e até a caixinha de trinitrina, da qual eu também, para o pasmo dele e também meu, arrebatei um comprimido antes de ir embora como um doido.

Com certeza, tal como eu também, meu tio guardava alguma lembrança daquilo tudo, pois o espanto em seus olhos ia crescendo. E ao lado do espanto um triunfo: Pois bem, no fim das contas você também entrou nos trilhos, sobrinho! Reclamou, reclamou, mas acabou entrando no curral.

— Então, parece que convidaram você — disse, com um tapinha nas costas. — Felicidades! Parabéns! Estou mesmo muito feliz!

Se não houvesse gente em volta, ele por certo diria ainda:

Criou juízo, é? E mesmo sem falar, toda a sua atitude, o olhar, a mão em meu ombro, do tipo Estúdio Cinematográfico Nova Albânia, transmitiam a mensagem até com mais energia.

Estendi a mão para me despedir, mas ele insistiu, sem caber em si de alegria:

— Aonde vai? Aqui dá para ver bem...

— Mas eu...

Um instinto de autodefesa me compelia a não dizer que eu tinha um convite para a tribuna, mas naquele aperto fui obrigado a contar tudo.

O comportamento dele mudou na hora, como se enxergasse em minha mão não um convite para o Primeiro de Maio, mas um aviso fúnebre.

Tomou-me ou, para ser mais preciso, arrebatou-me o papel da mão com um movimento que tinha a fúria de uma ave de rapina. E tal como ela, incrédulo e predador, grudou os olhos nas letras como que em busca de um erro imperdoável. Manteve-se assim por um tempo. Julguei que suas mãos tremiam e a fronte se cobria de um suor frio. O rosto, todo o seu ser, assim como as medalhas que pareciam tilintar uma ameaça, enviavam a mesma mensagem: Mal-entendido, mal-entendido! Você na tribuna, com essas suas idéias arrevesadas sobre os quadros, sobre Stálin, sobre a circulação monetária...

As sombras da malevolência e da suspeita se alternavam em seu olhar. Dir-se-ia que, caso surgisse a oportunidade, estava pronto a telefonar às instâncias pertinentes para apresentar as devidas explicações, ou melhor, as denúncias. É meu sobrinho, não nego, mas o Partido está acima de tudo!

— Algum problema? — perguntou um dos amigos de meu tio, um de rosto bonachão.

— Não, nada, não.

Por fim meu tio estendeu-me o convite. De repente suas feições me pareceram flácidas e desmedidamente fatigadas. Depois, em meio ao estupor que ainda não se dissipara, uma centelha diabólica brilhou em seus olhos. Eles se estreitaram e estreitaram, para ficar mais penetrantes. E se fixaram em mim com uma concentração que me pareceu insuportável. Uma súbita sensação de superioridade reorganizou todo o seu semblante até então destroçado. E a pergunta que eu mais temia manifestou-se sem dó: O que você fez para lhe darem este convite? E depois, com ironia: Contou tanta prosa, tanta prosa, e no fim fez como os outros...

Agora era a minha vez de suar frio.

Nós, que você tanto gosta de criticar noite e dia, pelo menos ganhamos honradamente nossos convites, tal como tudo mais. Pensamos como pensamos e como falamos, e cá estamos, na nossa festa. Mas você, que pensa diferente, o que busca por aqui? Ou talvez você xingasse tudo e todos movido pelo despeito de quem não consegue subir? E assim que surgiu a primeira oportunidade se esqueceu de tudo e pisou em tudo para chegar aonde sonhava? Alguma coisa pesada você aprontou, sobrinho, pois não só nos alcançou mas também nos passou a todos. Algo muito pesado. Mas o que se vai fazer? Essas coisas são assim. Agora somos nós que temos de tomar cuidado com você, sobrinho.

Eu tinha certeza de que era mais ou menos isso que ele dizia consigo, e senti um louco desejo de dizer: Não fiz nada do que está pensando a sua cabeça suja, debilóide! Pelo contrário, não faz nem uma hora quase troquei o convite para a tribuna por um encontro amoroso. E se você soubesse com quem... Mas você, debilóide como sempre foi, nunca vai entender!

Ainda tinha na mão o convite que ele acabara de me devolver quando o ouvi dizer:

— Agora ande, você vai se atrasar!

Tinha uns olhos de gelo, como suas palavras. Outras, como "Suma, peste!", não poderiam exprimir mais rancor.

Vá você para o inferno, tio, resmunguei comigo. O gagá das medalhas. E afastei-me sem cumprimentá-lo.

Logo depois dei comigo acompanhando a fina fila dos convidados que avançava para a tribuna. Furtivos olhares de esguelha, em que se misturavam a inveja, a admiração e o azedume, nos acompanhavam de todos os lados e ensaiavam uma espécie de sorriso que se poderia muito bem chamar de anti-sorriso. Eu deveria ter rasgado este convite e nunca ter aparecido neste lugar. Ah, Suzi, o que você foi me aprontar!

7.

A dor da perda me dilacerava com fúria. Sempre que me assaltava o medo de perdê-la, era assim que eu pensava em seu nome: Suzi. Era mais adequado ao dilaceramento e também expressava melhor sua soberba de filha de dirigente. O que você foi me aprontar, Suzi, repeti com meus botões. Como foi escolher este dia para me fazer mal assim?

Eu estava certo de que a dor iria durar muito tempo, mas naquele dia era insuportável.

Enquanto ia andando assim, tão sorumbático em contraste com a alegria em volta, distingui alguns passos adiante um perfil conhecido. Era o pintor Th. D., que aparentemente também se dirigia à tribuna. Também ele levava pela mão a filha pequena (por onde andariam as fitas vermelhas e azuis?).

Aproximei-me dele o quanto pude, talvez estimulado pela idéia de passar desapercebido à sua sombra. Além disso, quem sabe conseguisse usufruir, de algum modo, da legitimidade de sua presença. Pelo menos dele não iriam dizer que obtivera o convite às custas de algum servicinho vergonhoso.

Enquanto caminhava, fitei seu rosto. Era, com certeza, depois da minha, a única fisionomia tristonha naquela solenidade. Era assim que eu o via habitualmente em diferentes cerimônias que a tevê transmitia. Ao que parecia, conquistara havia muito o direito de ser triste, por certo um bem mais valioso que os honorários que recebia.

Eu não conhecia em toda a República alguém com uma imagem semelhante, de privilegiado e ao mesmo tempo de perseguido. Acontecia de ser objeto dos dois qualificativos durante a mesma conversa após o jantar, e até por parte da mesma pessoa. De qualquer forma, tanto uma facção como a outra concordavam que as relações de Th. D. com o Estado eram um mistério. Falava-se de graves críticas e acusações contra ele, daquelas que arrebentam um sujeito para sempre, mas, exceto por uma sessão plenária, tudo mais transcorrera de forma reservada. E depois, quando se esperava que caísse em desgraça ("Vai ter que pagar" ou "Nada podem contra ele" era também uma controvérsia em que as pessoas não se entendiam), ele aparecia em alguma tribuna, com sua imutável melancolia no rosto.

A que preço adquirira esse privilégio? Sim, pois, tal como todos nós, também ele haveria de ter a sua águia, talvez a mais tremenda de todas, a carregá-lo através da escuridão.

Falava-se muito dele nos cafés e em especial nas casas, depois do jantar. Comentava-se o ciúme que despertava nos altos, altíssimos círculos, principalmente devido às exposições no exterior. Contavam-se muitas outras coisas, porém o que mais dividia as opiniões era o papel que jogaria na vida atual. Uns diziam que com sua obra ele já desempenhava um papel. Outros pensavam que não. Estes batiam pé: esperavam dele mais, muito mais. Com a agravante de que ele sabia que não ousariam tocá-lo. Então, se ele sabia muito bem que nada poderiam fazer, por que não aproveitava?

Você é quem diz que nada poderiam fazer; havia sempre quem contestasse. Abertamente, nada fariam, concordo com você. Mas em segredo, por baixo do pano, quem sabe dizer o que poderia acontecer? Um acidente automobilístico, um jantar em que a comida poderia estar estragada... No dia seguinte, um majestoso funeral e *finita la comedia*. Eu diria até que a irritabilidade que explode contra ele de vez em quando tem exatamente este pano de fundo: Não nos agradece por deixá-lo vivo? O que mais você quer?

Ah, então tudo bem, essas coisas não tinham me ocorrido, respondiam os olhos arregalados do interlocutor.

Era o que falavam dele. Mas naquele momento, enquanto eu o seguia, só me interessava o fato de que ninguém iria acusar Th. D. de ter conseguido seu convite com alguma sujeira ordinária. E ia me convencendo, cegamente, de que também me aproveitaria dessa imunidade, enquanto percorria o trajeto para a tribuna, que mais parecia um calvário.

O pintor falou com alguns altos funcionários (pelo menos assim pareciam, pelas roupas), que se revezaram passando a mão pela cabeça da garotinha.

— Este é o diretor da imprensa, aquele ali o ministro do Exterior — disse ele à menina, sorrindo daquele seu jeito, como se lhe mostrasse brinquedos. Pelo menos assim me parecia, já que eu encarava qualquer frase dele como algo atirado de uma altura vertiginosa, por alguém desde já consagrado à imortalidade, que comentava a fugacidade das coisas do mundo.

— Quem é mais importante, o ministro do Exterior ou o do Interior? — ouvi a garota perguntar, quando eles se afastavam.

Aproximei-me um pouco mais para ver se escutava a resposta.

— Hum, como vou dizer? As coisas de dentro são sempre mais importantes.

— Mas as de fora são mais bonitas — contestou a menina.

Ele riu.

— Você deve estar falando de vestidos. Então, está certa.

Já estávamos bem perto da tribuna. Um posto de controle, mais minucioso que os outros, nos aguardava.

Empunhei o convite e avancei. Não sei por quê, sentia um eco nos ouvidos.

— Identidade!

— Sim. Desculpe.

Mais alguns metros, e havia um espaço onde a atmosfera era outra. Ali se distinguiam as delegações estrangeiras, diplomatas à procura de seus lugares, câmeras de tevê.

Ultrapassei, lépido, o espaço intermediário, e ali estava eu. Sentia uma dispersão nos gestos, com certeza no rosto, ou mais precisamente no sorriso que devia se sobrepor a ele. Alguém me mostrou como chegar à tribuna C-1, mas esqueci em seguida, até que me ensinassem de novo. Por todos os lados convidados esbarravam em meus ombros.

Como haviam ascendido até ali? A certa altura julguei que a pergunta estava nos olhos de todos, mas em seguida achei que ela só existia na minha cabeça.

Um sorriso generalizado e alegre, como uma espécie de molho unificador, tratava de dar o mesmo sabor a tudo. Agora, aqui, somos todos gente nossa. O que fizemos, o que deixamos de fazer já não importa. Afinal de contas, todos percorremos algum trajeto. O itinerário que conduz até aqui. Ao lado do poder, da luz celeste, do Olimpo!

Achei que dois olhos lacrimosos me fitavam com má vontade. Talvez o fato de me verem também ali estivesse estragando a sua felicidade. O que faz esse chato desconhecido aqui no lugar dos eleitos? Denunciou, delatou, tudo bem, mas ainda assim é cedo para chegar até aqui. Senão, metade da Albânia...

Mas logo o desconforto com os olhos maldosos se desvaneceu. Em frente à tribuna, a orquestra atacava outra marcha festiva. As bandeiras tremulavam ainda mais animadas sob a brisa refrescante, como se sentissem a aproximação das dez horas. Por um instante voltei a divisar Th. D., mas logo o perdi de vista. Talvez ele fosse seguir adiante. Até a tribuna B, quem sabe a A.

8.

A mesma dispersão esquisita continuava em minha cabeça. Por certo devia ser a embriaguez provocada pela proximidade do poder. Não era por acaso que tinham inventado todos aqueles emblemas e fanfarras.

Eu não tinha dúvidas de que a bebedeira seria completa se não esbarrasse em um gosto fúnebre. O gosto fúnebre de Suzana. Eu perdera Suzana para esta tribuna. E as flores, as músicas e o solene veludo escarlate podiam se harmonizar perfeitamente com o fim. O sacrifício.

Nem súplicas e apelos ao pai
Nem sua idade de virgem tocaram
Os capitães engajados no combate

Eu não conseguia tirar da cabeça aquilo que tinha lido nos últimos dias sobre o sacrifício da filha de Agamenon. O zunzum festivo em torno de mim, a música e as faixas vermelhas cheias de palavras de ordem, longe de me afastarem, conduziam-me para mais perto dela. Dois mil e quinhentos anos atrás, tal como hoje, grandes multidões, como aquela que ainda havia pouco acorria à tribuna, moviam-se rumo ao altar, talvez vestindo veludo vermelho.

Por que se apressam? O que está acontecendo? Você ainda não sabe? Dizem que vão sacrificar a filha de Agamenon.

A filha de Agamenon?

O boato circulava havia dias em Áulis. Na cidade infestada de soldados, o vento soprava sem descanso, o mar espumejava em torno das naves ancoradas na costa. E no entanto ainda havia muita gente que ouvia com descrença o que se dizia sobre o atraso da partida para Tróia. Seriam mesmo os ventos desfavoráveis ou haveria outro motivo? Também quando tinham navegado até ali os ventos não haviam ajudado, ao contrário. Se existem brigas entre os chefes militares, como andam murmurando, por que não o admitem às claras?

— Que horas são, por favor?

Eu estava tão ensimesmado que com certeza teria um sobressalto se o homem que perguntou as horas tivesse tocado meu cotovelo, como é comum se fazer em casos assim. E sabe-se lá que suspeitas haveria de causar!

Tive a impressão de que alguém me sorria e disse comigo: Você está perdendo a cabeça, já nem reconhece as pessoas — quando me dei conta de que ele sorria para outra pessoa. Era um rosto secarrão, desses que lembram um figo seco. Não sei por que me interessei por aquelas feições, cujas rugas podiam ser interpretadas como um leve sorriso de incredulidade, de ironia ou de quem detém um segredo.

Mas este é o assessor do pai de Suzana, exclamei no íntimo. Era exatamente ele. Um ano atrás ele fora a uma reunião na Televisão, e lembrei que um colega me cochichara: Este aí é o principal assessor do camarada X.

Fitei-o por um bom tempo, com uma atenção beligerante.

Saberia ele alguma coisa sobre as mudanças planejadas por Suzana? Seguramente sabia, já que era o principal conselheiro do pai. Mais ainda. Talvez fosse ele o autor da idéia do sacrifício. Calcas...

A imaginação levou-me de volta ao antigo porto de Áulis. A arrebentação marulhava sem cessar e a agitação dos guerreiros diante dela acentuava o clima de desmobilização. Muitos sonhavam deixar de lado a guerra e voltar para junto da mulher ou da noiva. Surgiram então os rumores — a campanha seria cancelada —, quando bruscamente, como um raio em céu azul, espalhou-se a novidade: para aplacar os ventos, Agamenon, o comandante-em-chefe, imolaria sua filha!

A princípio a maioria não deu ouvidos. Os admiradores do comandante da esquadra, condoídos, recusavam-se a crer. Seria mesmo necessário tamanho sacrifício? Tampouco acreditavam nisso seus desafetos, pois se recusavam a admitir que ele fosse capaz de tal abnegação. E, por fim, também não avalizavam a notícia aqueles que mal podiam esperar pelo cancelamento da campanha.

Não, não era possível. Seria uma verdadeira loucura, e ainda por cima gratuita. Quanto ao vento, os velhos marujos comentavam que não era de tal monta que legitimasse tão grande tragédia. Além do mais, quem garantia que depois daquilo ele iria amainar? Afinal, o adivinho Calcas fizera um prognóstico, mas sabia-se que ele não era pessoa que merecesse confiança.

Busquei com os olhos o assessor do pai de Suzana, mas já não o encontrei. Se o tivesse encontrado, furioso como estava, corria o risco de interpelá-lo: Foi você quem deu ao pai dela aquele conselho infeliz? Por quê? Por quê?

O livro de Graves discorria minuciosamente sobre Calcas. As fontes mais antigas mostravam uma figura das mais enigmáticas. Sabia-se que ele era troiano, enviado expressamente aos gregos por Príamo para sabotar a campanha. Porém, passou-se de fato para os gregos, terminando seus dias como renegado. Não havia então como evitar a pergunta: seria realmente um renegado ou fingiria ser? Ou ainda, como ocorre com freqüência em casos assim, depois de muitas oscilações, numa guerra que parecia não ter fim, terminou como um agente duplo?

A recomendação de sacrificar a filha de Agamenon deve ter sido um episódio crucial na carreira de Calcas. (Não se deve esquecer que suas predições, como toda predição de um renegado, deviam ser recebidas com reserva.) Caso tivesse permanecido fiel a Príamo, é claro, aconselhava a imolação da filha do chefe para estimular as divisões e desavenças entre os gregos, as quais mesmo sem estímulo já não eram poucas. No caso de haver se passado para os gregos, era de se indagar se acreditava mesmo que o sacrifício da jovem aplacaria os ventos (ou mesmo outras coisas, como as paixões e as cisões), facilitando a partida da frota.

Quem quer que fosse, um renegado autêntico ou falso, envenenador ou agente duplo, o conselho de Calcas era uma temeridade, para não dizer uma loucura. Um adivinho, mais ainda em circunstâncias tão delicadas, devia colecionar numerosos inimigos, prontos a tirar partido de qualquer deslize. Portanto, era de se acreditar que em qualquer hipótese ele estava perdido.

Teria sido mais verossímil que Calcas não tivesse dado conselho algum. E que o próprio Agamenon tivesse arquitetado o sacrifício, por razões que só ele saberia. Não seria tão difícil acrescentar mais tarde o nome de Calcas a toda a história (como argumento de Agamenon para justificar o crime perante a opinião pública, como artifício para ocultar suas verdadeiras razões). No momento que antecedeu a partida da frota, é possível que ninguém tenha invocado ventos e quejandos — e que o sacrifício tenha se consumado sem a menor explicação...

Os guerreiros, misturados com os civis de Áulis, rumavam

para o lugar onde fora erguido o altar. Para evitar confusão, talvez também existissem convites. Mas todos trariam uma pergunta nos lábios: Que sacrifício era aquele? Por quê? Imediatamente se via que a ausência de explicações multiplicava o peso da angústia.

Não, Calcas não dera conselho algum. Qualquer profecia de sua parte teria parecido um artifício diabólico. Mas então por que Agamenon metera na cabeça a idéia de sacrificar a filha?

Um movimento vagaroso e permanente tinha lugar na tribuna, com os convidados procurando e ocupando seus lugares, ali onde julgavam que assistiriam melhor ao desfile, ou no palanque central, onde ficariam os dirigentes.

Eu também realizava o mesmo deslocamento, quando dei com Suzana. Ela estava na C-2, um pouco abaixo de nós, num pequeno grupo, só de filhos e filhas de altos funcionários.

Um pouco pálida, com uma indiferença que aflorava ora em seu perfil, ora nas cintilações da presilha que continha seus densos cabelos, ela fitava algum ponto na direção da orquestra.

Por que devem te imolar, Suzana?, bradei comigo, melancólica e silenciosamente.

Que ventos haveria para aplacar?

Por um instante senti-me completamente oco. E em meio ao vazio extenuante, cansado de tudo aquilo, só me perguntava se não havia me excedido na analogia. Quem sabe tudo aquilo não passasse de uma ocorrência bem mais simples, uma retificação de comportamento às vésperas do noivado, como fazem tantas moças? E a minha mente em pandemônio emprestara proporções de tragédia a um acontecimento banal?

Eu partira de uma palavra, "sacrifício", e tecera uma analogia, levando-a às mais extremas conseqüências, tal como um jovem poeta que concebe a duras penas uma figura poética e logo se enamora dela, a ponto de usá-la como base de toda uma obra, literatice com alicerces cravados na areia.

Nunca me passara pela cabeça que a analogia entre Suzana

e Ifigênia — uma daquelas centelhas repentinas, cintilantes e fugazes que o cérebro humano produz milhares de vezes por dia — cresceria em minha mente a ponto de ocupá-la por completo. E foi tal a ocupação que eu acharia plenamente natural se ouvisse na tevê, no rádio ou no teatro alguma referência a "Suzana, filha de Agamenon, que...". Fora aquela ocupação que me levara a enxergar todo o panorama do drama antigo sob o prisma de Suzana e seu pai. As relações entre Agamenon e os demais capitães, as disputas pelo poder, o fortalecimento de posições de direção, as razões de Estado, a imposição de uma disciplina de ferro, o terror...

Por algum tempo, como se tentasse me desvencilhar o quanto antes daquela carga torturante, meu cérebro pôs-se a trabalhar em outra direção, desdramatizando tudo aquilo. A seguir, o mecanismo travou de maneira brusca, trepidou dolorosamente e deu marcha a ré. Um "não" sereno mas enorme dominou todo o meu ser.

Não, não podia ser tão simples. Eu estava cansado, estava confuso, mas mesmo assim sentia que aquilo tudo não era tão simples. Não fora a palavra "sacrifício", nem o livro de Graves, quem plantara a analogia em meu cérebro. Fora algo mais, que a neblina ainda me impedia de descobrir, mas que eu sentia estar ali por perto. Tinha que estar ali, bem debaixo dos olhos de todos, bastando que despertasse um pouco do torpor para ser visto... Stálin... não sacrificou seu filho, Jacob, para... para.. ter o direito de dizer que seu filho... tivera... tivera... o destino... o destino... o destino... de todo soldado russo? E Agamenon, o que buscara dois mil e oitocentos anos antes? E o que procurava agora o pai de Suzana?

O perfil dela, dançando entre os ombros, cortou o fio dos meus pensamentos. Não sei por quê, lembrei do nosso primeiro encontro. Um retrato de garota, com um filete de sangue... Assim ele se fixara na minha consciência...

Era uma tarde de fim de outono. Depois do primeiro abraço, no sofá, ela me fitara nos olhos por um bom tempo e me dissera tranqüilamente: Gosto de você! Depois continuou a me olhar daquela mesma maneira indagativa, como se desejasse saber se eu a entendera. Não esperava de mim mais que um sinal para confirmar o que ela havia dito, e quando eu, meio assustado por pressentir uma vitória fácil demais, lhe disse ainda assim, em voz insegura, Deitamos?, ela se erguera na hora e, com a mesma tranqüilidade com que falara, começara a se despir.

Eu seguira com os olhos seus movimentos contidos, as rendas da lingerie que apareciam enquanto ela tirava o vestido, as alvas pernas quando ela tirara as meias, depois tinha me levantado do sofá e a abraçado com cuidado, como se fosse uma sonâmbula prestes a despertar, enquanto apertava com força um punhado dos cabelos dela em minha face direita. Gosto de mulheres de luxo, eu dissera em voz baixa, sem saber, nem então nem mais tarde, se a expressão "de luxo" correspondia à sua ligeirice ocidental, à cara presilha que continha seus cabelos ou ao jeito liberado com que se entregara.

No sofá, sem a menor objeção, tirara a leve calcinha, e tudo pareceria realmente uma aquarela de sonho, não fosse uma repentina intromissão assustadora e terrestre que se colocara entre nós. Um sofrimento, uma opressão que nada tinham a ver com a leveza de até então, e que ela tentara em vão ocultar, transpareciam afinal.

— O que é, Suzana? — eu havia perguntado, ofegante.

Ela não respondera. Eu apenas sentira um enrijecimento, que partia do centro de seu corpo para toda parte, e deduzira algo. Ainda assim, surpreendera-me de verdade quando ela dissera, numa voz indiferente, que era virgem!

Ficáramos longamente no sofá, em silêncio, até que ela, com um sorriso que poderia ser mais bem descrito como uma luz facial, comentara: Desagradável, não é?

Eu não soubera o que responder e ela prosseguira: Por isso não falei nada antes.

Eu ainda permanecera incapaz de dizer algo, talvez porque a felicidade se apresentara a mim em sua modalidade mais segura, envolta num véu de melancolia. A vitória que momentos antes eu julgara tão fácil passara a me parecer dificílima. E eu pedira, silenciosamente: Não cause minha perdição, Suzana!

9.

O silenciar da orquestra e um ruído de microfonia, provocado pela explosão de aclamações, fizeram com que as cabeças se voltassem para o palanque central. Os dirigentes chegavam. Do lugar onde eu estava, só podia ver alguns deles. Não enxergava nem o Dirigente nem o pai de Suzana, que talvez estivesse ao lado dele. Da C-1 só se viam bem quatro cabeças. Eram realmente grandes; ou assim me pareceu, por ter recordado o epíteto "cabeçudos", que, segundo se dizia, fora empregado por um companheiro meu, da seção de música. Ele fora condenado a trabalhar nas minas por ter indagado por que, em um país com quarenta anos de socialismo, a maioria dos membros do Birô Político era composta de gente sem escolaridade. Dizia-se que ele fizera a pergunta em um jantar. Alguns até juravam que ele tinha ido mais longe. Cem anos atrás, o governo albanês da Liga de Prizren fora mais letrado que o atual. É o que ele teria falado, mas, na reunião que o condenara, isso não fora mencionado. Como no nosso caso, sabe-se que teria sido demasiado perigoso evocar aquele comentário, mesmo como palavras malditas. E, tal e qual no nosso caso, foram levantados alguns defeitos no trabalho, idéias liberais sobre a música ocidental e sarcasmos contra o trabalho manual.

O novo homem, a maior vitória do Partido... Essa luminosa conquista... A nação mais feliz no mundo... sem dívidas, sem impostos... O único país socialista...

Fragmentos do discurso de abertura me escorregavam pelos ouvidos, repetitivos, mortalmente aborrecidos, sem remédio, sem esperança. Como em um teatro de sombras, surgiam por trás das fórmulas perfis conhecidos, condenados precisamente por eles. Aliás, bastava correr os olhos em torno para se deparar com lemas, imagens ou retratos que tinham provocado condenações. A Constituição que proibia o endividamento externo, as menções à abundância (quer dizer, à escassez) de carne, o decadente Sartre, a forma dos olhos de Mao Tsé-tung.

Apesar de tudo, nosso colega da seção de música tivera mais sorte que um rapaz da área técnica, que comentara algo sobre os privilégios dos dirigentes e seus filhos, as mansões e viagens ao exterior. Também naquele caso não se mencionara o conteúdo, mas coisas completamente diversas, umas opiniões sobre o amor livre (o que bastara para demiti-lo), além de uma conversa com um turista estrangeiro, o que o complicou de uma vez por todas. Como se não bastasse, foi dito que durante as investigações ele, longe de recuar nos comentários sobre "a corte", falara até não mais poder. Referira-se à evasão de ouro e diamantes para bancos estrangeiros, tal como nos tempos do rei Zog, de assassinatos pelas costas e outras mazelas. Não poupara ninguém, nem mesmo o Dirigente, menos ainda sua esposa, a quem chamara de inspiradora número um dos crimes, uma verdadeira Lady Macbeth, embora uma Lady Macbeth de província, a Chiang-Ching da Albânia etc.

Fora condenado a quinze anos de prisão, mas não chegara a cumprir nem um quarto... Falava-se da existência de poços profundos nas minas de cromo, para onde os presos comuns, como que por acidente, empurravam os políticos. E tudo acabava assim, com uma queda de alguns segundos em que se concentravam cruelmente todos os anos de uma existência.

Os privilégios dos dirigentes, e em especial os de seus filhos, eram um dos eternos temas de minhas brigas com meu tio. Com a diferença de que nesse caso ele não se enfurecia como nos outros. Ao que parece, tampouco ele gostava daquilo, embora não quisesse admitir. Mas minha polêmica com meu tio sobre esse assunto teve fim quando conheci Suzana. Ela me espantava. Seria mentira o que se dizia? Ou Suzana não era como os outros? Logo me dei conta de que eram as duas coisas. Suzana era mesmo diferente em tudo.

Por isso escolhi você para imolar, meditei. E em seguida um pensamento me atingiu como uma onda inesperada: E se o sacrifício fosse uma encenação? E se Suzana aparecesse aos olhos do mundo como uma moça simples, modesta, enquanto levava uma vida luxuosa em seu bairro reservado, nas mansões e praias exclusivas, cheia de danças, bebidas e sexo?

Senti o ciúme me cortar como uma navalha. Pois eu não lera sobre a hipótese do falso sacrifício da filha de Agamenon? Na última hora, no lugar de Ifigênia leva-se ao altar uma corça... Ali estava o clássico espetáculo do engodo das multidões. A solução típica de todo governante. Minha Suzana, nas casas de praia no inverno, a bailar doidamente, despindo-se no sofá, gemendo... Não, melhor imolada, e acabou-se.

Certa tarde eu gravara seus gemidos, e tarde da noite, quando todos dormiam, fechara-me na cozinha do apartamento para ouvir a fita. Fora perturbador escutar assim os gemidos, dissociados do ato e de sua visão. Era uma coisa ligada mas porosa, cheia de arfadas e lacunas. Os ruídos que vinham da rua, algum assovio, a longínqua buzina de um carro emprestavam-lhe uma dimensão cósmica, como estrelas cadentes nos confins de uma noite de verão.

Repetira a fita várias vezes, e a sensação de vazio cósmico em vez de enfraquecer se impusera com mais força. Eu me sentia distante, afastado dela. Ora tinha a impressão de que ela estava sob a terra e eu sobre a sepultura, escutando seus queixumes, ora o enterrado era eu, ouvindo os gemidos em meio à lama, de cambulhada com os rumores de toda uma época.

Uma vez eu aumentara ao máximo o volume do gravador, como se quisesse encher o mundo inteiro com aquela respiração, e naquele instante dera-me conta de que para além do negro púbis eu nunca vira o sexo dela, verdadeira fonte de todo aquele trovejar.

No encontro seguinte, séria, como em tudo que se refere ao amor, ela ficou numa posição em que, abaixo do velo pubiano, viam-se os lábios de seu sexo, de um rosa pálido. Por uns bons segundos fiquei a contemplá-los, e devia ter nos olhos um pouco da incredulidade de alguém que, depois de ouvir um rugido imponente, descobre, para além do arvoredo que devia abrigar a fera, algum animalzinho um tanto corriqueiro.

A bem da verdade, o sexo dela pareceu-me simples, em contraste com a riqueza complexa de sua natureza. Involuntariamente comparei-o ao da minha ex-noiva, imponente, barroco, dir-se-ia, um complicado engenho do prazer. Mas talvez tampouco ele tivesse nascido assim, transformando-se com o passar do tempo e com o uso assíduo... tantos regatos de esperma tinham passado por ali... Aliás, não só do meu. Antes de mim ela tivera relações com mais dois sujeitos, e talvez fosse esse mistério que valorizava suas dimensões aos meus olhos. Ao passo que Suzana apenas principiava. Talvez com o tempo também seu sexo se complicasse em mistérios... Mais tarde, quando eu já não o visse.

10.

O som inesperado da orquestra me sobressaltou. Começara o desfile.

Era aquela mesma rotina anual a que eu assistira tantas vezes na tevê. Ginastas conduzindo bandeiras sobre longas hastes, ramalhetes e arranjos de flores formando figuras durante a marcha. Alas inteiras de coloridos rapazes e moças esportistas. Depois deles viria com certeza a torrente dos trabalhadores das empresas, tendo à testa os metalúrgicos, seguindo-se, pela ordem, mineiros, têxteis, comerciários, os da cultura, dos bairros, das escolas, ufa... Por cima da cabeça deles, movendo-se desajeitadamente, balançavam os grandes retratos dos membros do Birô Político. Meus olhos se fixaram em um único deles, o do pai de Suzana. Por que ele teria exigido que a filha mudasse tanto, do guarda-roupa ao comportamento? Que mensagem haveria ali? Que símbolo?

Caso fosse uma medida ditada pelo medo (na hipótese de sua carreira estar em declínio), seria bastante compreensível. Mas ele, longe de decair, ascendia a cada dia. E era justamente a ascensão que gestara e dera sentido à palavra "sacrifício", à mudança de planos para Suzana.

Agora o retrato dele passava bem diante da tribuna. Pela décima vez bradei comigo mesmo: Que sinal seria aquele?

A tremenda campanha contra o liberalismo na cultura, anos atrás, começara justamente assim, de modo quase imperceptível. Com uma carta enviada da região de Lúshnia, fazendo comentários sobre a roupa da apresentadora do festival da canção na tevê. Da divisão musical da Rádio-Televisão, onde fora recebida com risos e ironias, a carta tinha seguido para um dos vice-diretores da Rádio. (Então o vestido compridinho da apresentadora deu o que falar... É, tem pessoas que ficaram para trás no tempo, que fazer?! Enxergam tudo arrevesado. Não se pode aceitar o que elas dizem, a não ser que não se trate de provocadores.) O vice-diretor, com mais ou menos o mesmo humor, mais como curiosidade que a sério, contara o caso ao diretor da Rádio. Este, medroso por natureza, não rira, mas também não criara problemas. Tinha dito apenas: É bom ter cuidado com essas coisas, é assim que os problemões aparecem — um comentário que imediatamente tornara circunspeto o vice-diretor. Apenas dois dias mais tarde, quando tomavam um café em companhia do diretor-geral da Rádio-Televisão, "o grande chefe", como o chamavam, bem no meio de uma ruidosa gargalhada indagara sobre "a famosa carta de Lúshnia", o que causara enorme alívio ao vice-diretor.

Tinham gargalhado em coro, ali na mesa da cantina, ele, o diretor da Televisão, o secretário do Birô do Partido e até o frouxo do diretor da Rádio.

Mas logo eles teriam que engolir as risadas. Uma semana depois, o diretor-geral fora chamado ao telefone a propósito daquela carta, para falar com o Comitê Central. Queriam saber por que a carta não fora respondida. O diretor havia resistido: não era tarefa da Rádio-Televisão responder a qualquer carta, e menos ainda a qualquer idiotice.

Todos que acompanhavam o episódio, até os pequenos chefes que não iam com a cara do "grande chefe" e gostariam de vê-lo levar um puxão de orelha, concordavam que naquele caso ele tinha razão e que, a bem da verdade, havia muito exagero naquelas cartas do público.

Porém, alguns dias se passaram e o diretor-geral fora convocado pelo Comitê Central, de onde saíra com uma fisionomia um tanto fechada. Na mesma tarde acontecera uma reunião em que o secretário do Birô do Partido havia falado sobre a atenção que se devia dedicar às observações vindas da base, fazendo ele próprio uma autocrítica. Em seguida, o diretor-geral também fizera uma breve intervenção: após sublinhar o quanto era daninho menosprezar as críticas vindas de baixo, tinha feito (para espanto geral) uma autocrítica sobre a carta vinda de Lúshnia.

Aquilo tudo parecera um exagero a nós, trabalhadores da Rádio-Televisão. Após o fim da discussão, e até alguns dias depois, ainda discutimos por muitas vezes se era necessário usar assim a autoridade do diretor-geral para uma insignificância daquelas. Quase todos concordavam que não. Mais ainda porque ele era membro do CC e, no caso em questão, não fizera mais que defender os interesses da instituição.

Mas é preciso dizer que, ao lado da contrariedade, todos nós (inclusive, com certeza, o diretor) sentíamos um certo alívio. Eis que afinal se satisfazia a torcida de alguns (assim interpretávamos tanto encarniçamento) para baixar a crista do Grande Chefe. Com duas ou três frases genéricas, tiradas das palavras de ordem escritas nos muros (Aprender sempre com o povo, Simplicidade sempre etc.), tudo haveria de passar. A autocrítica era mesmo um santo remédio.

Não passava pela cabeça de ninguém que todos estavam redondamente enganados. Uma semana mais tarde, depois de uma reunião do Partido, em que se comentava que o diretor e outros chefes tinham voltado a fazer autocrítica, dessa vez mais aplicada e grave, haviam convocado uma reunião do coletivo. (Será outra vez sobre aquela história? Não acredito. Nunca! Como é possível fazer render ainda aquilo, além do mais no coletivo?)

A pauta da reunião era exatamente a que suspeitávamos. Um enviado do CC percorria as pessoas com olhos penetrantes. Vocês trataram desse assunto com muita precipitação, camaradas. Contentaram-se com algumas autocríticas de circunstância, sem se aprofundarem, sem descobrir as causas do mal, as raízes. Mas o Partido não se deixa enganar tão fácil!

Os olhos do diretor-geral mostravam cansaço. Igualmente cansadas estavam as feições dos demais. E aquela fora apenas a primeira de uma série de reuniões, pelas quais todos passariam como em um calvário, saindo dali transformados, cheios de fraturas, cicatrizes e marcas na consciência.

Nossos raciocínios iniciais sobre a conservação da autoridade do diretor-geral, os temores de que ele perdesse espaço e coisas assim pareciam distantes, como se procedessem de outra era. Agora os comentários eram bem outros: quem conseguiria se safar do onipresente temporal. A cada dia surgiam repentinas mudanças em nosso estado d'alma. Aquilo que ontem parecia ilógico, inacreditável e impossível amanhã deixava de sê-lo, e depois de amanhã avançava para uma fronteira mais temível.

O primeiro a pagar a conta fora o diretor da Rádio. Ele julgara aliviar sua situação recordando que se preocupara com a carta de Lúshnia quando disse, o que era verdade, "É bom ter cuidado com essas coisas, é assim que os problemões aparecem", mas fora precisamente isso a causa de sua perdição. Preocupara-se? Então por que não levantara a questão? Para não contrariar o diretor-geral? Por servilismo? Ou por algo ainda pior? Fale, camarada, aprofunde! Você é mais perigoso que os alienados: viu o problema e fechou os olhos!

Depois que o diretor da Rádio foi enviado, primeiro para uma aldeia e depois para as minas, a maioria acreditou que afinal tinham encontrado uma vítima e que a fúria do temporal amainaria. Mas se enganavam. A seqüência de reuniões prosseguiu no mesmo ritmo catastrófico, arrasando com tudo. O mais pavoroso era como nossa psique aceitava hoje o que ontem parecia um mau agouro. No meio do grotão abria-se outro buraco e cada um pensava: Ai, não, essa não, tudo tem limite, isso é de matar! Mas no dia seguinte a nova catástrofe entrava na rotina das coisas e já não impressionava ninguém. E o pior: as consciências debilitadas tratavam até de achar alguma justificativa.

Sentíamo-nos arrastados, dia a dia, por um mecanismo de culpa coletiva. Tínhamos de falar, de acusar, de jogar lama primeiro em nós mesmos, em seguida nos outros. O mecanismo era realmente diabólico: depois que alguém se violentava, ficava mais fácil conspurcar tudo em volta. Os valores morais empalideciam a cada dia, a cada hora. Uma embriaguez malsã se apossava das pessoas: um delírio de pôr abaixo e arrastar na lama. Venda-me, irmão, não me incomodo; também já vendi você tantas vezes! E a corda da culpa coletiva amarrava a todos.

À primeira vista parecia que tudo não passava de uma engrenagem de ódios, acionada pela maldade, pelo carreirismo, pelo ajuste de contas. Mas quando se examinava melhor, as coisas eram mais complexas. Como um minério que se mescla com toda sorte de matéria, ali se associava o que parecia inassociável: fúria, compaixão, arrependimento, o doentio júbilo de quem escapou da pancada, o medo supersticioso de perder essa alegria. Ao império da fatalidade, à perda da ossatura espiritual, somava-se uma sensação de coisa aleatória. Atingia-se gente que permanecera à margem da histeria, o que despertava certa comiseração, mas, paradoxalmente, sob a forma de ressentimento (Coitados... Mas foi bem feito; pensavam que iam se safar assim!). E de repente se atingiam os histéricos, os que tinham gritado mais alto contra os atingidos de ontem, reclamando as punições mais implacáveis; e o fato de estes serem atingidos provocava uma onda de contentamento (Sua alma, sua palma; neste mundo se faz, neste mundo se paga!). Atingiam-se os teimosos, que não tinham feito autocrítica desde o início, mas também, e até pior, os que tinham feito autocrítica e até coletado material que os auto-incriminava.

Ninguém sabia como escapar: encolhendo-se ou expondo-se, sendo uma personalidade conhecida ou um sujeito comum, do Partido ou sem partido. Num terremoto, as pessoas corriam em busca de abrigo, mas aquele que ainda agora parecia seguro se convertia a seguir no contrário. Tudo se movia, se deslocava, e tanta instabilidade se espelhava nos raciocínios psicóticos das pessoas. Confundiam-se as idéias, dispersava-se qualquer veleidade de resistência, para não falar de revolta. Ninguém perguntava o que estava acontecendo nem por quê. Tampouco se cogitava indignar-se, tal como não faz sentido encolerizar-se contra um raio que cai.

O mecanismo funcionaria assim por algum tipo de cálculo, segundo algum princípio que espalhava a confusão e sobre a qual se erigia o Estado, intangível como o Destino em pessoa? Ou uma misteriosa casualidade é que regia seu funcionamento? Ao que parecia, o inopinado do golpe, a imprevisibilidade da origem e direção do raio, e principalmente a escolha às cegas das vítimas despertavam, com o terror, uma lânguida admiração pelo Estado.

Amesquinhados, com o moral a zero, passávamos de reunião em reunião, cada vez mais arrasados. Certo colega que já tinha trabalhado num tribunal dissera-me que uma prostração parecida ocorre na solidão das celas, sobretudo nas fases iniciais de uma investigação. Mesmo vivendo ao ar livre, em meio a ruidosas multidões, estávamos aparentemente tão isolados como em uma solitária. Ou mais.

A carta de Lúshnia agora se afigurava longínqua e improvável como o primeiro fremir de um terremoto. Por onde andaria? Em que gaveta de qual arquivo ou museu? E o vestido compridinho da apresentadora, que desencadeou a fatal mensagem, em qual armário se escondia?

Se alguém tivesse previsto que aquela carta, objeto das galhofas do diretor-geral ao tomar seu café naquela manhã, cem anos atrás, levaria à sua defenestração, todos teriam caído na risada. Mais eis que chegou a hora em que ele caiu. E ninguém se admirou. Um sentimento de alívio até se apossou de todos. Por fim, o mal fora atingido. Todos por fim se tranqüilizariam, inclusive ele próprio, já que não se podia esperar uma punição mais severa em se tratando de um membro do Comitê Central: uma transferência para a pequena cidade de N., como diretor comunitário. Podiam-se ouvir comentários de que apesar de tudo não era tão ruim assim. Ele tem um carro, velho, é verdade, mas ainda assim um carro. Bem-feitas as contas, isso é mil vezes melhor que a angústia do sacrifício.

De fato era possível ver as coisas assim, mais ainda porque o temporal, depois de se afastar em certa medida da Rádio-Televisão, ventava com fúria total sobre as demais instituições culturais, sem exceção. Dizia-se que os erros de inspiração liberal estavam por toda parte: nas publicações, no cinema, na Liga dos Escritores e Artistas.

11.

Agora o som da orquestra ditava o ritmo dos meus pensamentos. Em dado momento tive a impressão de que ela silenciara e depois voltara a tocar, mais forte. Mas não tinha havido interrupção. Fora apenas uma sensação minha, talvez por estar tão absorto nas recordações do que acontecera na Rádio-Televisão. Sem saber como, eu as associara à música, conduzindo-a até os acontecimentos do passado, para que acompanhasse a loucura febril deles como uma fanfarra antifestiva.

Em sua voragem, o tufão arrastara uns após outros, escritores, ministros, idéias proclamadas direitistas, filmes, altos funcionários, peças teatrais. Em meio à barulheira infernal, usara-se algumas vezes a expressão "desvio de direita na cultura", e logo em seguida as ainda mais terríveis palavras "grupo antipartido".

Em comparação com o que passara a acontecer na capital, as condições do ex-diretor-geral da Rádio-Televisão, na pequena cidade de N., que antes muitos tinham qualificado como degradantes, agora pareciam idílicas. Trabalhar com pintores de parede, pias, banheiros públicos era uma autêntica tranqüilidade em comparação com as tempestuosas esferas da ideologia e da arte. Com certeza houve quem secretamente sentisse inveja... A paz idílica, porém, não durou muito. Um enviado desembarcou certo dia em N., para tomar parte numa reunião da organização do Partido da qual participava o ex-chefe da Rádio-Televisão. O que você tem a dizer ao Partido, à luz dos acontecimentos recentes?

Não durou muito a reunião, ao fim da qual ele perdera tudo que lhe restava — o cargo no Comitê Central, a carteira de membro do Partido, o posto de diretor comunitário e o carro. Será que se sentira aliviado, agora que a avalanche por fim o arrastara de vez? Já que na manhã seguinte se apresentaria ao serviço como um simples trabalhador comunitário, vestindo roupas velhas e com um desses bonés de papel que os pintores de parede usam para escapar dos respingos de cal? Ninguém poderia dizer, pois daquele dia em diante ninguém jamais o mencionou. Trabalhava, dependendo da ocasião, ora como pintor, ora como ajudante no assentamento de ladrilhos dos banheiros dos apartamentos, com o boné de papel sempre enfiado na cabeça, perdido e anônimo.

Mas a calmaria decerto haveria de alcançá-lo, mesmo com algum atraso — aquela paz sonolenta que emanava espontaneamente das latas de tinta, dos ladrilhos brancos e sobretudo do surdo anonimato. De modo que quando bateram à porta de seu apartamento, ao amanhecer, no dia da prisão, deve ter sido traumático para ele. Estava escrito que seria obrigado a ressuscitar a angústia justamente quando parecia já não haver perigo, pois tinha rolado para o fundo do grotão.

Parecia-lhe que a pergunta "Por quê?", aquela maldita interrogação que o perseguira passo a passo desde a queda, e até o dia em que o algemaram, iria por fim se esclarecer. Mas, pelo contrário, ela se fizera ainda mais nebulosa durante o inquérito e na solidão da cela. E assim fora até a leitura da acusação, seguida pelas palavras pesadas como chumbo: quinze anos de prisão.

Depois disso certamente ele se sentira aliviado. Era por fim o alívio verdadeiro, que nada poderia ameaçar, com um sabor que se comparava ao da felicidade... Sim, pois ele não teria como sair do bendito buraco negro e anônimo que o esperava em algum canto de uma das minas de cromo. E no instante em que uma mão o empurrara na penumbra, ele nem tivera tempo de pensar em nada. A queda fora tão rápida que não havia deixado espaço para perguntas, dilemas ou arrependimentos. Escapara do mundo com um grito, talvez, mas instintivo, tal como fora por instinto que havia esticado os braços numa cega tentativa de se agarrar à borda do poço enquanto caía. Mas nenhum olho humano vira aquela desesperada agitação de braços, uma obscura reminiscência que o instinto de preservação arrancara da profundeza dos tempos, de quando homens e pássaros tinham sido uma única espécie. E talvez tenha sido essa não-visão que tenha dado proporções irreais à sua queda, aproximando-a de um mergulho nas trevas, ou no mundo de baixo, como conta a velha fábula.

Mas onde encontrar aquela águia para o retorno? E mesmo que a achasse, não chegaria aqui reduzido a um descarnado esqueleto?

12.

A orquestra continuava a tocar alegremente. Abaixo da tribuna, desfilavam os mineiros, com capacetes de plástico que os faziam parecer mais baixos. Talvez sejam os do cromo, pensei. Já tentara por tantas vezes tirar da cabeça aquela história, mas ela me perseguia. Com certeza eu não era o único a ter repetido por centenas ou talvez milhares de vezes a pergunta: aquela carta teria mesmo sido postada em Lúshnia? Ou alguém a escrevera alhures e, de forma anônima e desapercebida, a jogara num dia qualquer em uma caixa de correio plantada em alguma esquina?

A campanha de depuração no Exército, que se seguiu logo depois daquela na cultura, também havia começado assim, dizem que por causa de um movimento de tanques em torno de um comitê regional do Partido. Já o sinal para a campanha na economia tinha sido dado por um punhado de minério. Aquele bocado de pedregulhos de lampejo duvidoso, a delatar sabotagens, teve a mesma função do vestido longo da apresentadora, ou do mapa com o itinerário da manobra dos tanques, arrastando consigo um cortejo de ataúdes, chegando até o Comitê Central.

Basta, repeti outra vez comigo mesmo. Não quero mais me lembrar dessas coisas, quero somente ficar com minha tristeza. Mas aquilo não me saía da cabeça. O vestido, o mapa, o minério de duvidoso lampejo. Mas que lampejos podiam ter aquelas pedras senão os do outro mundo?

O que acontecera na nossa sala de reuniões, entre grupos de diferentes procedências, havia se repetido em escala nacional. Os militares, que pouco antes troçavam e desdenhavam dos intelectuais (É, esses artistas, sempre uns liberais, uns mimados, vejam só como rebolam!), tinham tremido como vara verde quando a tormenta se abateu sobre eles. Mais tarde foi a vez dos economistas, que tinham zombado atrevidamente dos militares. Os que trabalhavam em outros setores haviam então deixado de gracejos e ironias, esperando aflitos a sua vez.

Como acessos de febre que se sucedem, encadeavam-se as manifestações da psicose agora já bem conhecida: perda do sangue-frio, prostração, tentativas de justificar a coragem escassa, reverências, emporcalhamento da imagem alheia (Algo eles devem ter feito para ser castigados desse jeito), até o Valium, que já não se achava em farmácia alguma (e cuja procura passava a despertar suspeitas), casais que se separavam, depressão nervosa, loucura.

E tudo precedido por aquele tríplice horóscopo de mau agouro: uma natureza-morta composta de um vestido compridinho de apresentadora, um mapa e um punhado de minério. Mas na tela da natureza-morta ainda havia um lugar: para Suzana.

Voltei a procurar com os olhos uma brecha entre as pessoas, até achá-la. Indaguei-me que indícios ela transmitia. Ai, minha estrela, funesta cstrela!

Caso tudo aquilo estivesse acontecendo antes das grandes campanhas de depuração, alguém enfiar na cabeça que haveria prognósticos de dissidência política na mudança do jeito de vestir ou de se comportar da filha de um dirigente, e em seguida abrir compêndios sobre mitos da Antigüidade em busca de sabe-se lá que horrendos paralelos, em outros tempos tudo isso pareceria maluquice, um caso para psiquiatras, fruto de uma mente histérica com vários parafusos a menos, propensa a buscar estímulos tortuosos e a só ver o lado trágico das coisas.

Mas as campanhas tinham acontecido e, ainda que já houvessem sido extintas fazia tempo, elas haviam depositado camadas de lama também em cada um de nós, como um rio que deixa por toda parte as marcas da última enchente. De forma que bastava um sinal, antes imperceptível, para que as mentes e os corações se sobressaltassem. Como numa ronda insana que trouxesse à vida todos os fantasmas adormecidos, uma atenção quase supersticiosa passara a ser dada aos símbolos, numa vigília enfermiça, à qual se seguiam, pela ordem, as velhas suspeitas, suposições e angústias.

O que trouxera à minha imaginação a analogia com o drama antigo não fora o livro de Graves, nem o posto de dirigente do pai de Suzana, nem qualquer outro detalhe circunstancial. Fora apenas o que ocorrera nos anos anteriores, e nos tiranizara, sem que eu ou qualquer outro pudesse se salvar. Sem isso, o que Suzana falara sobre mudar seu estilo de vida soaria como uma rotina banal a ser seguida por uma jovem de boa família às portas do noivado.

Um movimento de cabeças percorreu a tribuna, acompanhado por cochichos: "O quê? O que foi que aconteceu?". Foi preciso algum tempo para ficar sabendo que certos diplomatas do Leste se retiravam de alguma tribuna, da D ou talvez da B. O incidente se repetia todo ano, assim que surgia entre os manifestantes o primeiro cartaz contra o Pacto de Varsóvia.* Alguns minutos

* Organização militar dos países do bloco soviético formada em 1955 como resposta à Otan. A Albânia, um de seus membros fundadores, retirou-se dela em 1968 em protesto contra a invasão da Tchecoslováquia pela União Soviética. (N. T.)

mais tarde, quando apareceu um garoto comprido levando um cartaz em que estava escrito "Teoria dos três mundos, teoria reacionária", também os chineses se retiraram.*

Um riso abafado percorreu a tribuna.

Os cartazes que tinham provocado a retirada dos diplomatas do Leste estavam agora à nossa frente, mas eu, olhando adiante, lia outros slogans — "Vivamos como quem está sob cerco", "Disciplina, serviço militar, trabalho produtivo".

Observei com o canto dos olhos os convidados à minha volta. Quais, dos nativos, haveriam também de deixar a tribuna? Sim, pois já devia estar fixada a data em que cada um se iria do camarote festivo...

Voltei os olhos para a tribuna B, onde pensava que devia estar Th. D., numa última tentativa de encontrá-lo. Seria agora o momento de sua retirada? Ou a hora já soara, mas ele não ouvira o dobre dos sinos?

E você — interpelei a mim mesmo —, você que pensa poder julgar os outros, sabe por acaso quando chegará o seu dia?

O brilho da presilha nos cabelos de Suzana voltou a atrair minha atenção para ela. Não, aquilo não podia ser uma retificação de conduta, uma breve penitência preparatória de um noivado ou um conselho dado pelo Dirigente principal ao pai dela (Você deve adotar uma atitude discreta, pelo menos por enquanto. Ultimamente há muitos boatos sobre seus filhos).

Eu enxergava, com mais nitidez que Cassandra, o ataúde e o machado ensangüentado do carrasco sobre o altar.

* A crítica à hoje esquecida teoria chinesa dos três mundos foi o estopim do rompimento entre Pequim e Tirana desde 1977. A teoria classificava as forças geopolíticas num Primeiro Mundo, formado pelas duas superpotências, os Estados Unidos e a União Soviética, num Segundo, que incluía a Europa Ocidental e o Japão, e num Terceiro, formado pelos países em desenvolvimento, a China inclusive. (N. T.)

O retrato de Stálin se aproximava, oscilando levemente ao ritmo dos passos de seus condutores. Os olhos dele fitavam o horizonte, com um sorriso interior, secreto. Por que você sacrificou seu filho Jacob?

Eu não desgrudava os olhos da grande tela oscilante. Seu filho Jacob, repeti, que ele descanse em paz!

Espantei-me por ter me ocorrido aquela velha expressão, em desuso na minha geração. Dezenas de outras expressões como ela, suaves e compassivas, que recordavam a fugacidade da vida, tinham sido banidas do vocabulário usual. Assim como banidos estavam os sinos, as preces, as velas e, junto, a piedade, o arrependimento, meu Deus, todas tinham desaparecido para facilitar o triunfo do crime.

Jacob, seu filho, que ele descanse em paz... Por que o ofereceu? Os marechais, todos os dias, tentavam demovê-lo. Trocas de prisioneiros eram freqüentes em guerras, mais ainda em se tratando do filho dele. Para a sua tranqüilidade espiritual, antes de mais nada, e para o bem de todos você disse não e não. O que tinha na cabeça, esfinge, ao dar essa resposta?

O retrato do pai de Suzana, talvez o décimo a desfilar, apareceu não muito distante do de Stálin. Você jamais vai saber as razões da mudança de Suzana, dizia-me o olhar dele. Você pode penetrar no sexo dela, até mesmo no coração dela, mas nunca conseguirá entender aquilo que nem ela sabe!

As fileiras cerradas dos participantes do desfile não acabavam nunca. Faltava apenas Agamenon. O membro do Birô Político, camarada Agamenon Atrid. Como grão-mestre de todas as imolações futuras, o fundador, o clássico, ele sem dúvida nenhuma entendia daquela história toda mais do que ninguém.

13.

Sentia-se que o desfile chegava ao fim. Conforme a tradição, quem o encerrava eram as instituições culturais... a Ópera e Balé, o Estúdio Cinematográfico, a Universidade de Tirana. Escondi-me um pouco quando vi ao pé da tribuna meus colegas da Rádio-Televisão. Depois, em estrita ordem, vinha o pessoal da técnica, os maquiadores e as apresentadoras do horário nobre, com seus longos trajes de vestal.

Passaram-se mais alguns minutos, e tudo tinha terminado. Enquanto as últimas alas de manifestantes se distanciavam vivamente, após a última aclamação, rumo à praça Skanderbeu, a tribuna começou a esvaziar-se mais rápido do que eu esperava. Os convidados desciam as escadas com aquela expressão meio aturdida que as pessoas costumam ostentar depois de um jantar há muito esperado, de um julgamento ou de fazer amor. Por duas ou três vezes dei com os olhos em Suzana, mas sempre voltava a perdê-la.

Logo me vi na avenida, em meio ao fluxo de gente que avançava descontraidamente, sob um sol que de súbito me pareceu mais forte. Por toda parte se viam pedaços de buquês de flores artificiais desfeitos. Bolas de encher, furadas e pisoteadas, jaziam na poeira. Os grandes retratos, carregados com displicência, oscilavam de um lado para outro, com os olhos dos retratados olhando-nos de esguelha ou, pior, fitando o chão. Tudo transpirava suor, cansaço e um generalizado desafogo.

Dois mil e quinhentos anos atrás, com toda a certeza fora assim que os guerreiros gregos retornaram do lugar onde Ifigênia havia sido sacrificada. Teriam as faces empalidecidas pela visão do sangue no altar e pelo vazio que deviam sentir irremediavelmente instalado em suas entranhas. Não falavam, talvez até seus pensamentos fossem raros ou se repetissem à exaustão. O soldado Teukr, decidido a desertar no primeiro combate, agora nem pensava mais nisso. Igualmente sem sentido parecia ao soldado Idomeneu sua decisão anterior de responder à altura à próxima brutalidade de seu comandante. Já Astianax, que resolvera visitar a namorada mesmo sem conseguir uma licença, agora julgava impossível cumprir a resolução que antes lhe parecera tão fácil quanto ardente era a sua saudade. Tudo que era fácil, jovial, capaz de dissipar as dores da guerra, as zombarias, as quebras de disciplina, as noitadas alegres no bordel, agora se deixava abalar. Se o grande chefe Agamenon sacrificara a própria filha, não haveria mercê para ninguém. O machado já estava banhado em sangue.

E de súbito me pareceu que eu desvendava o enigma. A sensação de desvendamento era tamanha que me fez deter os passos e fechar os olhos, como se a paisagem do mundo real fosse confundir de novo o que a tanto custo ia se esclarecendo... Jacob, que descanse em paz, fora imolado não para que tivesse a sorte de qualquer outro soldado russo, como declarara o ditador, mas para dar a este o direito de exigir a morte de quem quer que fosse. Tal como Ifigênia, que ofertara a Agamenon o direito à carnificina...

Não se tratara da crença de que o sacrifício aplacaria os ventos que detinham a frota, tampouco de um princípio moral sobre a igualdade dos filhos da Rússia. Era simplesmente o cínico cálculo dos tiranos.

E você, eu sei o que você busca por meio de Suzana... Sei que o machado não se encharcará de sangue, mas, mesmo assim, a seco, ele pode dar golpes tremendos.

Talvez eu o tivesse adivinhado desde antes, fora me aproximando dissimuladamente da verdade, antes mesmo do momento em que Suzana me falara de sua determinação. O que seu pai exigia dela parecia o de menos, mas era de mais. Ainda que sem sangue, era digno de comparação com o mais sangüinário sacrifício. Sem dúvida mais monstruoso que todos os ataúdes derivados da carta de Lúshnia, que o lampejante punhado de minério e que aquele mapa fatal... Milhares de tardes sufocantes em vidas humanas contariam menos que uma pilha de cadáveres? E as dezenas de fins de outono desnaturados, de conversas após o jantar asfixiadas por gases venenosos, de caminhos pela neve, aromas hibernais, de estolas rasgadas tingidas de azul à beira de piscinas, de cafés de estudantes cheios de barulho, de tangos, de relógios de bronze a badalar a meia-noite nos corredores de apartamentos, de cabelos cortados diante do espelho, de bijuterias, peliças, maquiagens fatigadas...

Pois uma secura cada vez maior aguardava a vida de Suzana. Aquela vida que, como um cacto do deserto, a custo preservara seu derradeiro sumo.

Você parece uma mistura de peste e veneno, ralhei comigo. Era o prosseguimento das campanhas originadas pela carta de Lúshnia, o minério e o mapa. E nenhum Calcas dera conselho algum, nem o pai de Suzana o arquitetara. Fora seguramente o grande Dirigente, que o designava como seu sucessor, quem o exigira (Papai é um coração de manteiga, dissera-me Suzana, não nasceu para ser rigoroso).

Quem sabe o Dirigente compreendera aquela natureza e de alguma forma dissera: Escolha um dos dois machados. Caso não seja capaz de empunhar o ensangüentado, escolha o incruento. E desde agora, enquanto estou vivo, dê a prova, aos meus olhos! Golpeie! E o incruento, empunhado com maestria, é talvez mais vibrante que o outro.

Eis, pois, que aquele segundo machado se anunciava a Suzana. O país, cansado do outro, o sangrento, submetia-se a um novo golpe.

Deus, salvai este país da desnaturação, gritei outra vez. Guardai-o de uma ainda maior degradação. Pois ele inflige a si próprio o que a canícula e a poeira da Ásia não lograram fazer.

Os cartazes oscilavam sobre os ombros dos manifestantes fatigados. "Revolucionemos ainda mais todos os aspectos da vida!", "Revolucionemos tudo!"... Quantos anos mais de excessos seriam necessários para arruinar de vez a vida? E tudo pelo simples motivo de que assim, fenecida e ressecada, a vida era mais facilmente dominável.

Minhas têmporas latejavam como um martelo, mas ainda assim eu não detinha o ritmo caótico dos pensamentos. Como, meu Deus, revolucionar o sexo das mulheres? Sim, pois para reerguer as coisas desde os seus fundamentos havia que começar pela fonte da vida... Transformar sua aparência, o escuro delta sobranceiro, a úmida linha dos lábios... Reeducar, descartando os restos do passado, os orgasmos, as multimilenares lembranças do prazer.

Eu explodiria numa gargalhada se não estivesse tão acabrunhado.

"O triângulo revolucionário: educação, trabalho produtivo, treinamento militar". Mas o que seria do negro triângulo do sexo? Um delta encarquilhado, seco, miserável, coberto por uns raros fiapos de estepe.

Jamais o afluxo de slogans o dissera. Como aquele, famoso, o das ervas: "Defenderemos os princípios do marxismo-leninismo mesmo que sejamos obrigados a nos alimentar de ervas".

Você foi um cego, recriminei-me. Viu a verdade diante de seus olhos e foi buscar prenúncios a três mil anos de distância. Folheou livros, forçou a cachola, por algo que estava claro mesmo sem nada disso.

E então?, prossegui meu colóquio interior. Onde eu errara? O sinal que Suzana me transmitira fora preciso, e isso era o principal. E a ensangüentada Ifigênia não o contrariava em nada, pelo contrário.

Tudo ia se sucedendo como outrora, talvez ainda mais cruelmente. No porto de Áulis, os navios gregos zarpavam, um após outro, rumo a Tróia. As âncoras erguiam a custo grandes pedras, que caíam nas águas espumejantes. Uma após a outra, lá se iam as âncoras, como derradeiras esperanças.

A campanha de Tróia começara.

Nada mais detinha o ressecamento da vida.

Tirana, 1985.

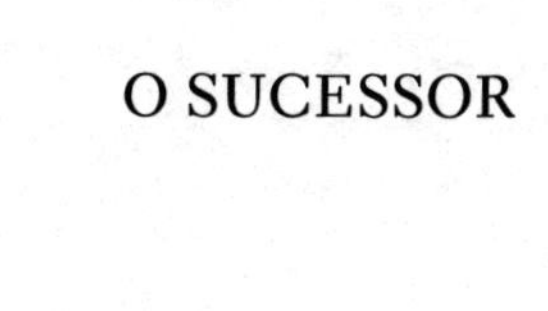

O SUCESSOR

1. Dezembro do suicídio

I.

O Sucessor foi achado morto, em seu quarto, no amanhecer do dia 14 de dezembro. Ao meio-dia, a tevê albanesa transmitiu uma notícia curta: "Na noite de 13 para 14 de dezembro, o Sucessor matou-se com uma arma de fogo, em conseqüência de uma crise nervosa".

As agências internacionais de notícias reproduziram a notícia de acordo com a comunição oficial albanesa. Somente à tarde, depois que uma rádio iugoslava levantou a suspeita de que o suicídio fora um homicídio, as agências mudaram parcialmente seus despachos, referindo-se às duas possibilidades.

O céu hibernal, por onde corriam as notícias, estendia-se pelo infinito, tendo bem no centro um entrevero de nuvens imóveis.

Enquanto a morte abalara todo o país, a não-decretação de um dia de luto, e sobretudo a manutenção dos programas televisivos — a que as pessoas assistiam aqui e ali — depois da incredulidade inicial, pareciam convincentes. Ainda que o país estivesse perdido para a cristandade, o suicídio merecia condenação geral, tal como na fé dos cristãos. Além do quê, e isto era o principal, ao longo de todo o outono e sobretudo no início do inverno, já se esperava a queda do Sucessor.

II.

Na manhã do dia seguinte as pessoas, desacostumadas havia anos com os dobres de sinos, tinham procurado por toda parte sinais de luto: nos prédios governamentais, nos sons do rádio ou nas faces dos vizinhos na fila do leite. A ausência de bandeiras a meio pau e de marchas fúnebres privava das últimas esperanças aqueles que gostariam de acreditar simplesmente em um atraso casual.

Os despachos das agências internacionais continuavam a trabalhar com as duas hipóteses: suicídio ou homicídio.

Tinha-se a impressão de que o Sucessor escolhera um caminho original para deixar este mundo: não uma morte, mas duas. Desejara ir assim, puxado por dois bois negros, já que um só não lhe bastava.

As pessoas abriam nervosamente os jornais matutinos, achando que poderiam encontrar algo de novo sobre o episódio, mas na verdade procurando saber qual das duas mortes, a auto-infligida ou a outra, forasteira, seria a mais leve para elas.

Com a ausência de notícias na imprensa, satisfaziam-se com o que se comentava por toda parte após o jantar. A noite da morte do Sucessor fora realmente apavorante, e isso não era fruto de fantasias, mas algo que elas próprias tinham testemunhado.

Relâmpagos, chuva torrencial, cegos vendavais. Sabia-se que ao fim de um outono repleto de angústia o Sucessor tinha a alma ferida. Pela manhã se realizaria a reunião final do Birô Político, na qual, acreditava-se, seus erros seriam perdoados após uma autocrítica.

Mas, como acontece freqüentemente com gente azarada, que escorrega para o abismo bem na hora em que vai se salvar, ele se precipitara. Deixara uma carta pedindo desculpas por ir-se assim, e acabara com tudo.

Tinham estado todos em casa. Depois do jantar ele dissera à companheira que o acordasse às oito da manhã e se recolhera ao quarto. A mulher, que mal pregara os olhos ao longo da semana, naquela noite, conforme seu próprio testemunho, dormira como uma pedra. A filha, depois de observar que a luz no quarto do pai se mantinha acesa até as duas da madrugada, momento em que ela se apagara, fora dormir também. Ninguém havia escutado o estampido da arma.

Eram mais ou menos essas as informações que vinham, ou pareciam vir, da casa do falecido. Outras notícias chegavam do bairro reservado aos dirigentes, que chamavam de "o Bloco". Embora fosse uma noite de chuva e vento, notara-se lá um extraordinário movimento de automóveis. E o mais espantoso: por volta da meia-noite, talvez um pouco depois, uma sombra fora vista penetrando na casa do defunto. Um alto funcionário, altíssimo... mas convinha não falar disso, em hipótese alguma... jamais... pois bem, um altíssimo funcionário entrara... e mais tarde saíra...

III.

A poeira se apossava dos dossiês sobre a Albânia. Não era a primeira vez que os centros de inteligência do mundo se deparavam com coisas assim. Os comentários e observações eram acompanhados por uma certa rispidez dos superiores e por um sentimento de culpa dos subordinados, que, a seguir, reabriam os dossiês, convencidos de que as coisas não seriam nada fáceis.

As informações sobre a Albânia eram em geral defasadas, e às vezes provinham de fontes românticas. Um pequeno país, cujo nome quer dizer "terra das águias". Um antigo povo balcânico, descendente dos ilírios, a julgar pela língua adotada. Um Estado recente, surgido das ruínas do Império Otomano, no início do século XX. Uma nação com três religiões, católica, ortodoxa e muçulmana, que proclamara a monarquia, com um soberano germânico de uma quarta fé, protestante. Convertida depois à República, tendo à frente um sacerdote ortodoxo albanês. Este fora derrubado, numa conflagração interna, pelo futuro rei, desta feita albanês. Este igualmente fora derrubado por outro monarca, desta vez um italiano, que ao tomar a coroa passara a se proclamar "rei da Itália e Albânia, imperador da Etiópia". Depois da união grotesca, em que os albaneses pela primeira vez em sua história tinham formado um mesmo Estado com os negros, a chegada da ditadura comunista. Novas amizades, alianças repentinas, iniciadas com alarde e rompidas com amargura.

A maioria dos dossiês registrava marcas de atualização nesse ponto em particular e especialmente nas duas grandes cisões, com os russos e mais tarde com os chineses. Depois do afastamento com os russos, novas páginas tinham sido acrescentadas: reflexões, dados e prognósticos, alguns seguidos de pontos de interrogação. A maioria ligava-se a suposições sobre para onde se dirigiria a Albânia a seguir: para o Ocidente ou de volta ao Oriente? As respostas eram confusas, pois se associavam a outra pergunta sobre a qual não havia clareza: seria do interesse do Ocidente atrair a Albânia? Algumas análises se referiam de passagem à possibilidade de um pacto secreto entre o lado comunista e o ocidental: saímos da Albânia, desde que vocês não entrem! Um dos dossiês falava até de um relatório no qual a questão era posta às claras:

valeria a pena para o Ocidente afrontar o bloco comunista cortejando a pequenina Albânia, em vez de aproveitar a ocasião para uma penetração mais substanciosa, como na Tchecoslováquia?

Com o passar do tempo a perda de interesse se mostrava em tudo, até no estilo das análises, onde voltaram a dominar as velhas expressões românticas, a maioria relacionada com o símbolo monárquico da águia. Vez por outra, mencionava-se um antigo código consuetudinário, chamado Cânone, ou *Kanun*.

Tudo parecera ter se repetido anos mais tarde quando do rompimento com a China. As mesmas perguntas tinham sido feitas, obtendo-se respostas mais ou menos semelhantes, apenas com tudo mais desbotado e o nome da Tchecoslováquia dessa vez substituído pelo da Polônia.

Portanto, naquele frio dezembro da morte do Sucessor, era a terceira vez que se sacudia a poeira dos dossiês sobre a Albânia. E mais: as recriminações dirigidas aos subordinados pelos superiores se inflavam. Chega de contos folclóricos sobre águias e falcões! Queremos, de uma vez por todas, análises sérias sobre esse país. Esperavam-se turbulências nos Bálcãs. Acabara de se proclamar a rebelião na Albânia norte-oriental, que alguns chamavam de Albânia Exterior e outros de Kossova. Havia ou não um nexo entre aquela revolta e os últimos acontecimentos na Albânia?

Num dos relatórios, uma mão nervosa sublinhara com traços vermelhos as palavras "Os albaneses serão um ou sete milhões?". Depois do ponto de interrogação agregara-se outro de exclamação, seguido por um comentário: "Espantoso!".

Tamanha nebulosa imprecisão parecera espantosa ao comentarista anônimo. Um pouco abaixo, o mesmo ponto de interrogação acompanhava as palavras "Cristãos ou muçulmanos?". E uma nota à margem acrescentava: "Se os albaneses não são dois ou três milhões, e todos muçulmanos, como insistem os iugoslavos, mas em número três ou quatro vezes maior, ou seja, aproximadamente tantos quantos há na maioria das nações balcânicas, e se esses sete milhões não são apenas muçulmanos, mas católicos, ortodoxos e muçulmanos, então tudo se transforma no panorama geopolítico da Península".

Fora uma agência de informação de além-oceano que se dera conta pela primeira vez de que, além de a rede de espionagem na Albânia estar completamente caduca, uma parcela dos espiões, que já não enxergavam por causa da idade, se passara para a Sigurimi* albanesa. Aparentemente por isso, no dia seguinte à morte do Sucessor, os relatos sobre o país eram uma completa confusão.

Entrementes, num cemitério a oeste da capital albanesa, varrido pelo rijo vento de dezembro, o Sucessor era sepultado. Participavam do enterro os familiares e duas dezenas de altos funcionários do governo e parlamentares. Ali estavam ministros e diretores de instituições, dentre os quais branqueava a cabeleira do presidente da Academia de Ciências. Militares e paisanos empunhavam coroas de flores. O discurso fúnebre foi feito pelo filho do defunto. Depois das palavras finais — "Descanse em paz, pai" —, sua voz se entrecortou. Não houve disparo de canhões nem música. Era evidente a desaprovação do suicídio.

Como se tivesse pressa, a noite hibernal ocupava uma após outra as colinas em volta de Tirana. Na cova recém-coberta do Sucessor, dois soldados armados, os únicos presentes no grande cemitério, permaneciam de guarda, um à frente e o outro à retaguarda do montículo de terra. A uns quarenta passos além da cerca viva em torno, outras pessoas, à paisana, vigiavam a escuridão.

* Serviço de inteligência da Albânia comunista. (N. T.)

IV.

O alívio que se costuma sentir sempre que um cadáver desce à terra também se manifestara no caso do Sucessor. Por motivos que se podem deduzir, fora até mais profundo que qualquer outro.

Depois de dias repletos de angústia, fez-se uma calmaria como poucas vezes se vira naquela estação.

Sob o céu hibernal mas bonançoso, tudo que antes afligia as pessoas agora se mostrava mais simples e menos terrível. Até a indagação principal — se o que ocorrera fora um suicídio ou um homicídio — já não tinha o mesmo peso de antes, agora que o Sucessor levara seu segredo para a sepultura.

Libertas dos pavores precoces que aparentemente o corpo do Sucessor despertara, as pessoas, agora que o cadáver descera às trevas, rememoravam mais facilmente o que ocorrera ao longo daquele outono sem fim. Tanto a iluminação como o ritmo dos acontecimentos eram agora bem distintos daqueles que haviam experimentado antes.

Tudo se iniciara com o mês de setembro. Ao retornarem das férias, as pessoas tinham encontrado a capital cheia de novidades, daquelas que outrora se chamavam "mundanas". A filha do Sucessor noivara. Além disso, ele acabara de se mudar para uma nova residência, cuja construção despertara não pouca curiosidade em Tirana. Na realidade, o que se chamava de "casa nova" era a mesma casa que ele habitava havia anos, porém magistralmente reformada ao longo do verão, a ponto de mal ser reconhecida. O velho ditado que rezava que uma casa nova pode trazer azar ainda vivia, apesar das sucessivas campanhas contra as superstições, e sua vitalidade se confirmou naquele outono. Ninguém nunca soubera se o Sucessor dava ouvidos àquilo, mas sua insistência para que a festa de noivado da filha acontecesse exatamente no dia da inauguração da casa nova logo provocara numerosos comentários. Dava a impressão de que o Sucessor, com aquela interferência, queria coagir a moradia a aceitar uma alegria, e assim, em poucas palavras, desafiar por antecipação o destino ou impor-lhe uma desfeita.

Todos tinham comparecido: parentes, membros do governo, familiares do noivo, certamente o próprio futuro genro, que tocara violão, o arquiteto que projetara a casa e que, depois de embriagar-se, caíra no choro. Todos rodopiavam em meio às cintilações dos copos e dos flashes sem fim das máquinas fotográficas, dos risos e das dores. Porém, mal as luzes da festa tinham se extinguido, ele, o Condutor do país, cuja visita e cujos votos tinham renovado o júbilo geral, retirara-se a pé para sua própria casa, enquanto um vento gélido soprava bruscamente, não se sabe de onde.

Haveria recebido uma notícia inesperada no curto trajeto entre a casa do Sucessor e a sua? A mensagem o teria alcançado no caminho ou fora encontrada na entrada de casa, quando ele chegara num andar penoso, vergado sob o peso do sobretudo negro? Nunca ninguém soube. O certo era que naquela mesma noite tinham se propagado os primeiros rumores soturnos: o noivado promovido pelo Sucessor fora politicamente equivocado. O pai do genro, o reputado sismólogo Besim Dakli, dava algumas aulas na Universidade graças à generosidade do Partido, mas os Dakli eram uma família do antigo regime. Podiam-se fechar os olhos caso se tratasse de uma aliança com um quadro qualquer, mas não no caso do Sucessor.

A questão perigosa, expressa não tanto em palavras mas em certos olhares cheios de subentendidos, residia em que o noivado que uniria a família Dakli à do Sucessor fora divulgado pelo menos duas semanas antes da visita do Condutor. Conseqüentemente, a presença dele na festa e suas felicitações tinham sido igualmente uma aprovação do noivado. Por isso, talvez, a alegria daquela festa inesquecível ultrapassara todas as medidas. Porém, logo que o Condutor se retirara algo de estranho havia acontecido. Teria sido alguma descoberta de última hora e inopinada sobre a família Dakli? Um rumor vindo sabe-se lá de onde, talvez de muito longe, sobre algum dado perturbador, que escapara aos serviços secretos naquelas duas semanas de febris investigações sobre o dossiê Dakli?

É comum na natureza humana que, quando alguém se deixa penetrar por uma pergunta perigosa, redobre esforços para falar de coisas que considera lícitas, e as pessoas se voltaram para o raciocínio de que talvez fosse permitido ao Sucessor aquilo que se vedava aos demais. A maioria discordava e rememorava os muitos casos em que famílias e clãs inteiros tinham vindo abaixo por causa de um noivado infeliz. Mas outros pensavam diferente: o Sucessor tinha feito tanto pelo país, seguira o Condutor passo a passo, fielmente, em todas as tormentas, com uma comovente lealdade; uma pequena concessão era permissível. Além do quê, talvez aquele episódio fizesse as coisas mudarem dali por diante. Os que se queimaram, paciência, mas outros haveriam de desfrutar. É exatamente daí que brota o mal, insistiam os primeiros. E o mal era o exemplo dado aos demais.

Esse tipo de conversa fora cortado a faca subitamente no dia em que se ficou sabendo do rompimento do noivado. Num repente, todos se convenceram de que aquilo tinha sido mesmo um grande erro. Não fora um noivado, mas um veneno. Pior que veneno. Teria sido a morte para a Albânia. O abrandamento da luta de classes. Um abalo na própria essência da qual o país se orgulhava havia quatro décadas. Toda a sua firmeza, chave de suas vitórias e glória, tinha por alicerce aquele princípio: endurecer sempre, abrandar jamais! Os demais, os inimigos, um após outro traíam a causa, e iniciavam a traição precisamente por ali, pelo abrandamento. Ao passo que aqui, em nossa terra... Tomara que aquilo tivesse sido apenas uma escorregadela do Sucessor. E só podia ter sido. O fato de o noivado, depois, ser rompido tão depressa mostrava o arrependimento do Sucessor. E não era pouca coisa quebrar um compromisso de noivado. Ele tinha, como se diz por aqui, engolido a vergonha com pão diante de um povo inteiro. Fazia mil anos que não se rompia um noivado neste país. As pessoas se matavam, se engalfinhavam, mas um noivado jamais era adiado, quanto mais anulado. E ele o fizera. Mostrara com isso que sua lealdade ao Partido e ao Condutor estava, como sempre, acima de tudo. Puxa, o cara era realmente hábil! Não era à toa que ele era o Sucessor.

V.

Como toda má notícia, a do rompimento do noivado se espalhara muito mais depressa que a de sua proclamação. Certa de que a crise estava passando, a maioria julgava que o episódio, longe de enfraquecer, fortalecera o moral das pessoas. O Condutor e o país que ele dirigia tinham demonstrado não se abalar com terremoto algum. Assim fora a peleja com os iugoslavos. Assim fora mais tarde com os russos. E, claro, com os chineses.

O afrouxamento das tensões desviou as conversas para pequenas curiosidades sentimentais. Ainda que em voz baixa, os comentários se espalhavam. O fim dos telefonemas entre os dois. O noivo, e seu pai, Besim Dakli, na porta da casa do Sucessor, cobertos por pesados capotes, a esperar que lhes dessem explicações sobre o que ocorrera. O desespero da jovem, que se trancara em seu quarto e se recusava a comer. E o infeliz rapaz, que para afogar as mágoas se refugiara no violão, dessa vez para compor uma canção que começava dizendo: "Foi assim que nos separaram".

Para azar do Sucessor, a maior parte das festas albanesas caía no outono, de modo que ele não tinha como evitar as câmeras de tevê. Milhares de olhos esquadrinhavam seu rosto na telinha, em busca de sinais do que estava lhe ocorrendo. Alguns o julgavam mais tristonho do que seria de esperar, outros, ao contrário, mais tranqüilo. Nenhum dos sinais, evidentemente, indicava algo de bom, mas o segundo se afigurava o mais preocupante, pois significaria que o Sucessor já pouco se importava com os comentários.

Aquilo que tivera início como uma curiosidade adquiriu cores dramáticas no dia da festa nacional, quando o Condutor e o Sucessor apareceram juntos. Ao contrário de outros anos, em que eles trocaram sorrisos e conversas ao pé do ouvido, daquela vez a fisionomia do Condutor era como gelo. Além de não se voltar uma só vez para o Sucessor, sublinhara seu desprezo ao se dirigir por duas vezes ao ministro do Interior, seu vizinho do outro lado.

A Albânia inteira acompanhava aquilo de olhos esbugalhados. Fazia tempo que o infeliz noivado fora rompido, e nem por isso se manifestava o menor sinal de condescendência, para não falar de compreensão, com a vergonha que se abatia sobre o Sucessor. Longe disso, todos os sinais indicavam que a cólera do Condutor se agigantava.

Era a primeira vez que se manifestava assim em público, às claras, algo que antes teria sido qualificado de mexerico hostil à unidade. Os militantes se inquietavam. Despertavam antes de o sol nascer, com os olhos avermelhados pela insônia, queixando-se de dor de cabeça, e depois, com um travo amargo na boca, abriam-se com suas mulheres agrisalhadas sobre o que não se permitiriam dizer nos bares: uma amizade de quarenta anos pode acabar assim?

Otimistas, aguardavam com impaciência pela próxima festividade, na esperança de que tudo se arranjasse. E na efeméride seguinte, quando as coisas não se corrigiam e o gelo se acumulava, suspiravam, sentiam um aperto no peito e, atormentados, mal conseguiam murmurar um "Pobres de nós!".

Um rumor circulou timidamente no fim de novembro: o assunto seria encerrado com as festas. Obteve um crédito surpreendente, maior que o de todos os outros, talvez por vincular-se a coisas do calendário e às mudanças de estação, elementos há muito esquecidos por não mais representarem nenhum papel de monta na vida das pessoas.

Depois da azáfama festiva que acompanhava cada final de novembro, o princípio de dezembro era, em geral, silencioso. No lugar dos cartazes, das tribunas engalanadas de vermelho, dos discursos e da música emanando dos alto-falantes, retornavam os ventos que assobiavam, os nevoeiros e as tempestades de inverno, tal e qual mil anos antes. E, se todo início de dezembro era ensimesmado por natureza, o daquele ano parecia emudecer em dobro ou em triplo. Fora em meio a esse mutismo que eclodira o tiro que pusera fim à vida do Sucessor. E também ele fora abafado, não ouvido nem dentro nem fora das paredes da casa, como se saído de uma arma do outro mundo.

VI.

Os dossiês sobre a Albânia andavam provocando toda sorte de sobressaltos, a ponto de os que lidavam com eles, mesmo sem confessá-lo, fazerem votos para que a turbulência passasse e o material de referência voltasse aos fichários dos arquivos, onde costumavam ficar com dois dedos de poeira por cima, como sempre.

Mas por enquanto não havia a menor chance de aquilo ocorrer. Os dossiês inchavam mais e mais. Todos se davam conta de que o material que neles se amealhava era contraditório, caótico, a tal ponto que mesmo os mais impassíveis, por fim, se deixavam levar, abriam os braços e em meio a suspiros repetiam as frases já ditas por seus colegas: Que para se entender alguma coisa de um país afundado na paranóia, só mesmo sendo um pouco paranóico.

Os chefes, aparentemente, pensavam de outra forma. Sapecavam nervosos pontos de interrogação à margem dos textos toda vez que ali apareciam expressões como "a maluquice balcânica de plantão" ou "o louco capricho", "um caso típico de cretinismo provocado por carência de iodo no organismo" etc. e tal. O ciúme que todo governante sente de seu herdeiro, mais especificamente aquele que redunda no assassinato deste, era uma manifestação tão conhecida em todas as épocas e lugares que não tinha a menor condição de servir como a chave para decifrar aquela turbulência balcânica. Alguém descobrira certos costumes curiosos dos montanheses da Albânia, como concursos de beleza masculina, em que às vezes calhava de o vencedor ser morto por um perdedor invejoso — coisas que podiam entrar num ensaio literário, mas nunca numa análise política. Do contrário, seria preciso aceitar que todas as confusões da península Balcânica no século XX não passavam de uma repetição da célebre fábula: "Diga, espelho, espelho meu, se há no mundo alguém mais bela do que eu".

Estafados, os analistas retornavam mais uma vez às conjecturas preferenciais, que tinham deixado de lado, atraídos pelas indagações sobre uns concursos de beleza masculina nos Alpes Albaneses, se eram apenas uma futilidade remota ou se indicariam uma complacência do terrível *Kanun* albanês para com o homossexualismo.

Quando se repetia a admoestação de que o momento era de suma gravidade, os analistas retornavam a outras alternativas, acompanhadas de um grande ponto de interrogação: seria uma mudança de linha política na Albânia? A primeira alternativa que acorria após a supressão de um sucessor era, naturalmente, que sim. O problema era que os dados disponíveis nunca tinham indicado da parte do Sucessor o menor sinal, por mais tímido que fosse, de mudança de linha na política albanesa.

Era verdade que o noivado, um laço de parentesco com uma

família "burguesa", poderia ser interpretado na Albânia como um sinal de atenuação da luta de classes, mas o Sucessor era precisamente a última pessoa a quem se poderia fazer tal acusação. No decorrer de toda a sua longa carreira, sempre fora a personificação do encarniçamento, jamais do abrandamento. Havia muito aceitara esse papel, a tal ponto que o Condutor, quando desejava adotar alguma medida rigorosa, enviava primeiro o Sucessor como arauto. E depois, nos casos em que o rigor se mostrara excessivo, fora igualmente o Sucessor que assumira a responsabilidade, enquanto ao Condutor cabia o papel de conciliador.

Mas daquela vez tudo tinha dado errado. Os analistas ardiam de desejo de usar a expressão "uma trivial maluquice albanesa", porém, a contragosto, abriam mão dela para volver à segunda hipótese, que atribuía a origem de tudo a um fato bem próximo — as turbulências em Kossova.

Soturnas profecias tinham sido feitas ao longo de todo aquele ano sobre Kossova. Seria o terremoto, o furacão que se avizinhava, o próximo horror dos Bálcãs. Seria lógico que a rebelião custasse a cabeça de alguém, principalmente na Albânia. Mas de que maneira a cabeça do Sucessor poderia se conectar com Kossova? Os boatos eram nebulosos. Os iugoslavos, os primeiros a levantar a suspeita de homicídio, e não de suicídio, agora silenciavam, como que arrependidos do que tinham dito. Não sabiam mesmo o que ocorrera? Ou fingiam não saber?

Torturado pelo reconhecimento de que nenhuma das duas explicações baseadas na geopolítica era convincente, um dos analistas voltara à tese abandonada, aquela que passara a se chamar "Espelho Meu". Aparentemente para torná-la mais digna de crédito, tratara de examiná-la em associação com o que se tornara nos últimos tempos a explicação da moda para a maioria dos conflitos: o petróleo. Apesar de acompanhado de cifras com a produção de óleo desde os anos 30, de cartas geológicas com a localização dos campos petrolíferos e de um breve histórico da disputa entre a Brittish Petroleum e a Agip italiana em 1938, o relatório fora classificado como "ridículo". Talvez o qualificativo não tivesse sido usado se o analista não acrescentasse ao final que, quem sabe, podia não ser casual que o infortunado futuro sogro da filha do Sucessor fosse sismólogo, profissão que, de uma maneira ou de outra, se avizinhava da prospecção petrolífera...

Depois do desafortunado esforço de buscar as causas de um noivado rompido e de um suicídio enterradas dois mil metros debaixo da terra, o analista, compreensivelmente, desistira. Conforme seu recente costume, de sempre acrescentar uma tirada ao fim do que escrevia, juntara ao pedido de demissão um longo comentário sobre sua precária saúde naquele inverno, comentário que, por sua vez, trazia anexos dois atestados médicos, um deles referindo-se a "impotência sexual".

Seus colegas nunca cogitaram seguir seu exemplo, o que no entanto não os impedia de sonhar com o dia em que por fim se livrariam do dossiê albanês. Prefeririam ter pela frente qualquer outro, mesmo os classificados como insolúveis, como o do conflito israelo-palestino ou os dos países africanos cujas fronteiras, tal como séculos antes, se deslocavam menos por causa da política e mais por causa dos ventos do deserto.

Depois de um longo suspiro, freqüentemente acompanhado das palavras "Paisinho torto!", debruçavam-se outra vez sobre o arisco dossiê, tratando de tornar a empreitada mais simples e cômoda.

Homicídio? Suicídio? Se fosse homicídio, cometido por quem? E o principal: por qual motivo? A maioria das fontes continuava a insistir em uma autoridade do mais alto escalão, uma espécie de sombra, vista entrando na casa do Sucessor na noite fatal. Alguns até davam o nome daquele que suspeitavam ser a sombra: Adrian Hassobeu, o ministro do Interior, que acabara de deixar o cargo, escolhido para uma missão ainda mais elevada. Em todas as previsões dos peritos ele era dado como o favorito para ocupar o posto do Sucessor.

Ao par da hipótese da sombra, uma infinidade de outros detalhes pairava naquela névoa. Um pedido do Sucessor para que o acordassem às oito da manhã. O pesado sono da esposa e o acre cheiro de pólvora que ela sentira ao abrir a porta, às oito horas em ponto. O movimento de carros dentro do "Bloco" durante a noite. A chuva e o vento que a todo momento mudavam de direção. Duas pessoas que, comentava-se, tinham sido vistas de fora (talvez por um dos guardas) descendo, ou subindo, as escadas da casa, com o Sucessor. Tinham sido avistadas apenas de relance, por trás dos vidros do térreo, à luz de um relâmpago, de braço com um Sucessor imóvel como se fosse de cera!

Estaria ele vivo enquanto subiam ou desciam? Sem sentidos, ferido, morto? Conduziam-no à despensa? Ou ao necrotério? Quem sabe para o submeterem a uma necessária maquiagem? Uma mudança de lugar da ferida, por exemplo, fechando uma para abrir outra?

Já a despensa dava para uma passagem subterrânea, desconhecida de todos...

Tudo isso redemoinhava ao vento em sombrias espirais, às vezes lentamente, em outras com afã, mudando sempre de sentido, retornando, ressurgindo, sumindo de novo nas trevas. Mas, renitentes, permaneciam ali, como cacos de vidro, com todas as variantes, constituindo a essência e o fermento sem os quais o mistério permaneceria insolúvel.

Curvados sobre o dossiê, os analistas se exasperavam: nunca antes suas mentes tinham se mostrado tão volúveis, sempre prontas a abandonar uma suspeita para abraçar outra. O primeiro raciocínio que acorria a quem se deparava com aquele que fora apodado de sombra era a desconfiança de que fora justamente a sombra quem matara o Sucessor. Porém, bastava examinar as coisas com maior vagar para duvidar daquilo e de tudo mais. Mesmo que se aceitasse que a sombra (ou Adrian Hassobeu, como já se falava) penetrara na casa, quem adivinharia o motivo daquela visita tardia? Fora para matar ou para estimular o suicídio? E se não tivesse sido nem para uma coisa nem outra, e sim, ao contrário, para convencer o Sucessor a não se matar, pois na reunião do dia seguinte o Birô Político o absolveria?

Como se não bastasse tudo isso, havia a passagem subterrânea, citada por uma ala dos investigadores, que complicava tudo mais. O dossiê estava pontilhado de anotações curtas do tipo "Tentar arrancar alguma coisa do arquiteto que projetou a casa, se é que ainda vive". A primeira coisa que faziam os faraós, depois de concluída uma pirâmide, era liquidar com o arquiteto.

Havia algo das pirâmides em toda aquela história. Por todos os lados erguiam-se paredes, impedindo que alguém penetrasse um passo a mais. A câmara principal da pirâmide, que guardava o maior segredo, estava trancada por dentro. Havia na história do Sucessor episódios em que ele aplicara aquele imemorial princípio.

Era um raciocínio reconfortante. Depois de quatro mil anos, os segredos das pirâmides ainda não tinham sido de todo revelados. Então, por que os analistas deveriam se impacientar com aquela história?

Aproveitando-se do nevoeiro, intervieram no caso os médiuns, que nos últimos tempos, depois de quase meio século de ausência, voltavam a estar na moda em matéria de segredos estatais. Depois que estabeleceram contato com o espírito do Sucessor, o que conseguiram arrancar dele tinha sido tão obscuro e inextricável que, um após outro, haviam desistido.

A Albânia, para pasmo de todos, mergulhara num grande silêncio. Em frente a ela, a outra Albânia, "exterior", jazia imóvel sob o céu hibernal, como se tivesse perdido os sentidos. O mesmo céu de dezembro derramava-se sobre ambas, desoladamente; dir-se-ia que continha em si não um mas dois invernos, a rondar e uivar como lobos cinzentos.

2. A autópsia

1.

O que fora feito daquela alegria sem igual neste mundo? Com a taça de champanhe na mão, Suzana perambulava entre os convidados, leve como o ar. A grande casa, abandonada desde a morte do pai, voltara a se encher de som e luz como outrora. E ninguém se espantava, ninguém nem indagava como o impossível acontecera e as coisas tinham tornado a ser o que eram. Parte dos convidados era formada por desconhecidos, mas isso também não causava estranheza. Assim como ninguém se admirava de ver algumas lâmpadas dos lustres apagadas, aparentemente queimadas após um prolongado desuso. Pela segunda vez ela ouviu as palavras "O que passou, passou!" e voltou a buscar o pai com os olhos. Embora no centro das atenções, ele permanecia um pouco à margem, com um comedido sorriso nas faces, mostrando alguma contrariedade, mas leve e superável. Suzana contemplou outra vez a atadura branca sob o paletó, que, ao que parecia, cobria a ferida que cicatrizava. Largou a taça de champanhe para se aproximar mais à vontade e dizer apenas: Papai, como você está? Bem naquele instante deu-se conta de que não via em lugar algum o noivo, Guencs, e quase gritou: Como é possível que só ele não tenha vindo?

O grito, mesmo não pronunciado, como que a despertou. Tal como da outra vez em que tivera o mesmo sonho, explodiu em soluços. Devia ter chorado durante o sono, pois o travesseiro estava úmido.

Enquanto o apertava de encontro ao rosto, na esperança de voltar a adormecer, pareceu-lhe ouvir um ruído. Ergueu a cabeça para escutar melhor e convenceu-se de que os ouvidos não a enganavam. Alguém andava pela casa.

Seus olhos fitaram a janela. Depois acendeu a lâmpada na cabeceira da cama e olhou o relógio. Eram seis e meia da manhã, mas o céu ainda estava escuro para além do vidro da janela.

O ruído repetiu-se. Não eram os passos de sua mãe nem os do irmão, que naquela hora costumava se trancar no banheiro. Era outra coisa. A angústia apertou-lhe o peito, mas bem no meio dela havia uma ausência de medo, quase uma alegria, como se o sonho fosse prosseguir.

Entorpecida, levantou e aproximou-se da porta. Antes de abri-la, pôs-se de novo a escutar os passos e as vozes.

O corredor estava em silêncio, mas ela ouviu que no andar inferior alguém andava e falava em tom baixo. As portas dos quartos da mãe e do irmão estavam fechadas. Ela se aproximou do corrimão da escada e debruçou-se para ver o térreo. Tinham acendido as luzes na sala de jantar e no grande salão de visitas, aquele mesmo que aparecera no sonho.

Seu coração voltou a dar uma pontada. Desde o dia do suicídio do pai, ninguém, mesmo que quisesse, entrava naquela peça, pois as portas estavam lacradas pelo Ministério do Interior.

Lentamente, voltou o rosto para fitar de novo as portas dos

quartos onde a mãe e o irmão dormiam; em seguida seus olhos, arregalados de pavor, foram até a outra porta, a do quarto do pai. Uma réstia de luz fina como navalha aparecia claramente por baixo dela. Papai, gritava todo o seu ser, pulmões, olhos, cabelos. Fora aquela mesma réstia que ela observara até as duas da madrugada da noite fatal. Sentiu que retornava ao sonho, pois não tombou por terra como se um raio a atingisse. A passos lentos, temendo despertar e deixar escapar aquela segunda oportunidade de ver o pai retornado, foi até a porta. Estava sem dúvida sonhando, se é que não perdera a razão, pois tinha a sensação de poder encontrar com o pai, no mesmo cômodo onde o vira morto, com o orifício da bala sobre a camisa ensangüentada.

Mais um passo, e outro. Agüente, disse para si. Perdida por um, perdida por mil.

Naquele instante a porta se abriu. Um desconhecido saiu por ela às pressas. Trazia nas mãos uma coisa negra, parecida com uma máquina fotográfica antiga. Fitou a jovem com um traço de surpresa; depois, sem nada dizer, desceu as escadas de dois em dois degraus.

De dentro do quarto, por trás da porta que o desconhecido deixara entreaberta, ouvia-se uma voz irritada. Suzana distinguiu a palavra "autópsia".

Depois de tantos horrores, ainda seria preciso passar por isso, uma autópsia agora?! E com máquinas arcaicas parecendo fotográficas?

Levou a mão à fronte. Com certeza era o sonho que prosseguia. Ou então um delírio.

Voltou a ouvir vozes dentro do quarto. Entre elas, alguém disse: "Não realizar uma autópsia é que é um escândalo!".

A porta se abriu de vez. Um homem saiu em passos rápidos, com o rosto rubro de cólera, e ele lhe pareceu ser o ministro do Interior. Dois outros homens o seguiram, um deles conhecido.

Era o arquiteto da reforma, o mesmo que havia no sonho de pouco antes.

O ministro a fitou com ar surpreso. Deteve-se para dizer bom-dia, depois acrescentou: "Nós a acordamos?".

Ela não sabia o que dizer.

O arquiteto também a cumprimentou com um leve movimento de cabeça.

— Faremos algumas investigações — disse o ministro, e dirigiu-se para as escadas.

Os outros o acompanharam. Enquanto desciam, Suzana voltou a ouvir falar em "autópsia" e "escândalo".

Não só a voz mas também o olhar do ministro tinham lhe parecido gentis...

Sentiu como se voltasse a si. Aparentemente, tinham vindo no meio da noite para proceder a investigações. Haviam advertido, desde o dia seguinte à morte, que os moradores poderiam habitar uma parte da casa, mas sem violar os quartos e as salas protegidos por lacres vermelhos. Eles viriam fazer certas verificações. Possuíam as chaves.

Assim tinham dito, mas não haviam retornado. Era a primeira vez que apareciam. Se ela tivesse o direito de fazer uma única pergunta, seria: Por que tardaram tanto?

Suzana sentiu frio nos ombros. As pernas conduziram-na ao quarto da mãe. Como seria possível que ela não tivesse despertado com todo aquele movimento?

Empunhou a maçaneta com cautela e empurrou a porta. Mamãe, disse, em voz baixa para não sobressaltá-la. Mas a mãe dormia um sono profundo.

A jovem permaneceu no umbral, indecisa. Estranho, disse consigo. Ela que sempre levantava antes do amanhecer agora dormia assim, como uma pedra. Tal como naquela noite de 13 de dezembro.

— Mamãe — voltou a falar.

Foi preciso algum tempo para que a mulher acordasse. Tinha o rosto assustado.

— O que foi? O que aconteceu?

— Vieram fazer umas investigações... Estão lá, no quarto do papai, e embaixo, no salão.

Os olhos da mulher pareciam não enxergar, embora desmedidamente abertos.

— Que investigações? Por quê?

— Investigações — disse a jovem. O próprio ministro está aí. Dizem que vão fazer uma autópsia.

Os cabelos, assim como os olhos, davam um semblante confuso à mãe. Davam a impressão de serem os últimos que o sono abandonava.

— Por que autópsia? Por que não o deixam quieto?

— Farão uma autópsia — repetiu a jovem. — Disseram até que era um escândalo ela ainda não ter sido feita. Mamãe... — prosseguiu, suavemente — Acho que seria... não seria mau.

— Por quê? — disse a mulher, tentando esconder o rosto no travesseiro. Agora sua voz soava abafada. — De que adiantaria? Agora você ainda quer uma autópsia?

A jovem mordiscou o lábio inferior. Ameaçou sair, mas mudou de idéia.

— Pareceu-me um bom sinal... A própria investigação é uma boa coisa. Como você sabe, desconfiam que...

— É melhor você calar essa boca — exclamou a mulher. — Ai, pobres de nós — soluçou pouco depois —, a desgraça não nos abandona!

A jovem sacudiu a cabeça tristemente e saiu.

No corredor reinava ainda a penumbra. Vozes e passos chegavam do térreo, abafadas. Fora, amanhecia.

Ela voltou para o seu quarto, tremendo de frio. Mesmo assim uma sensação agradável não a deixava. O olhar do ministro fora gentil. E principalmente o tom de voz. Ele se mostrara tão severo ao falar da autópsia, mas se transformara de repente ao se dirigir a ela: "Nós a acordamos?".

Alguém não quisera a autópsia... Alguém que teria de prestar contas... Uma autópsia não é feita quando há algo a ser ocultado... No caso, não era difícil imaginar o quê... O que acontecera fora realmente suicídio ou... ou... homicídio. Em casos assim, uma autópsia seria a primeira coisa a ser feita. Mais ainda quando o morto era uma pessoa importante... Portanto, alguém quisera esconder algo... Ao passo que agora outro alguém desejava que o segredo viesse à tona... E até tachava a ocultação de "escândalo"...

Meu Deus, faça com que seja assim!, rogou a jovem. Agora ela já não se admirava de invocar o nome esquecido.

A verdade, mais dia, menos dia, haveria de surgir... O Partido... como sempre... como sempre... E nosso camarada de armas, leal, inolvidável, não se suicidou, como foi inicialmente cogitado, mas foi morto... de forma traiçoeira... por inimigos do Partido... conspiradores... traidores...

Quantas vezes ela imaginara aquelas palavras pronunciadas pelo Condutor, da tribuna ornamentada de vermelho, no rádio, na tevê. Pela primeira vez elas lhe soavam como uma possibilidade.

Deus, faça com que seja assim!, suplicou outra vez.

Mantinha os olhos fechados, com um resto de esperança de retomar o sonho interrompido ao amanhecer. Isso só acontecia raramente, muito raramente. E mesmo quando acontecia, o sonho nunca mudava de padrão. Ela tentou trazê-lo à mente, mas logo se deu conta de que, por mais que insistisse, não recuperaria nem as cores nem sua doce suavidade de nuvem rosada. A única coisa que sentia tal como antes era o gosto ruim do arrependimento no instante em que despertara. Se desejava tanto retornar àquele salão do sonho, nem que fosse por instantes, era talvez para lavar o ressaibo daquela contrição. Apenas agora já não saberia dizer qual das duas tristezas era a maior, a de não ter chegado a falar com o pai ou a de ter se lembrado do noivo com tanto atraso...

II.

Vamos fechá-lo de novo, dissera o ministro, num tom descontraído, quase alegre.

Não parecia a sentença de um alto funcionário às voltas com uma importante autópsia, a mais importante da história do Estado comunista albanês. Soavam como palavras de despedida após uma cervejada entre velhos amigos, nas colinas em torno do lago artificial de Tirana: O peixe estava mesmo excelente... e este lugar... vamos nos reunir outra vez, hein?

Vamos resolver este caso ou não vamos?

Enquanto caminhava pela Grande Avenida rumo ao hotel Dáiti, o médico-legista Petrit Zallheri remoía na cabeça aquela frase, e quanto mais o fazia mais ela lhe parecia espantosa.

Junto do ministro, o arquiteto escutava as palavras do outro com uns olhos cheios de reflexos que tanto poderiam exprimir curiosidade como o antegozo de uma apresentação circense ou de uma briga de feira em que os vagabundos esfregam as mãos e dizem: Deixa rolar!

Será que esses dois são cegos? Ou fingem que são?, indagara-se o médico ao vê-los troçando um do outro como dois irresponsáveis.

Quanto a ele, lembrava muito bem da ocasião em que o haviam notificado oficialmente que iria fazer uma autópsia muito, muitíssimo importante. Seria a autópsia do Sucessor.

Por um momento não escutara mais nada. O mundo emudecera por completo e dentro dele tudo se detivera, da pulsação cardíaca à respiração. Mais tarde, quando as funções vitais começaram a voltar, um pensamento lhe viera à mente: Aonde foi dar esse assunto!

"Esse assunto" era a vida dele.

Depois de uma autópsia daquelas, a vida do sujeito que cuidaria dela pareceria tão impossível como a vida na Lua.

Na assustadora calmaria entremeada pelas instruções do ministro, o médico involuntária e friamente pôs-se a fazer um balanço de sua vida... Enquanto pudera tinha levado uma vida honrada, o que não fora fácil naquela profissão tão perigosa. Facilmente criticável por causa das origens "semiburguesas" de sua família, passara sem grandes sobressaltos pela campanha de desmascaramento e condenação do "grupo intelectualista dos médicos de Tirana", que menosprezava a experiência soviética, porque ainda era um estudante. Depois tivera a sorte de não se misturar com outro grupo, formado por estudantes e professores, dado a fazer galhofa com os médicos de pés descalços chineses, na época da amizade com a China.

As palavras do ministro soavam nitidamente, sem espaço para dúvidas, cheias de promessas ameaçadoras. Deixara de ser feito aquilo que era obrigatório para qualquer cidadão e mais ainda para um Sucessor: a autópsia.

O médico tratara de se concentrar, mas ao fazer a tentativa sentira-se ainda mais disperso.

Portanto, proceder-se-á à autópsia, mesmo que com atraso, prosseguira o ministro. A verdade virá à luz, mesmo que não agrade a alguns. Nos olhos do ministro faiscava uma sincera indignação.

Nas reuniões sobre os chineses, a ira dos enviados do Comitê do Partido carecia precisamente de uma franqueza assim. Eles davam sinais de se encolerizar, batiam com o punho na mesa, bufavam, mas havia em tudo a frieza de um fogo que não quer pegar. Entretanto, o medo provocado por uma fúria fria não era mais brando que os outros, aqueles acompanhados por interjeições. Ao fim das reuniões, enquanto se esperava ansiosamente pelo anúncio das condenações, ouviram-se os primeiros rumores sobre um rompimento com os chineses, após o que a campanha cessara num passe de mágica.

Tudo será feito como manda o regulamento, prosseguira o ministro, com a mesma cólera. Além da autópsia, haverá testes com armas. A arma empregada pela vítima será disparada dentro do quarto, para averiguar se o tiro é ouvido do lado de fora. Ou no jardim da residência, onde estavam os guardas. Ou no corredor. Ou nos outros quartos, onde dormiam os familiares. Tudo se processará meticulosamente. Será escolhida uma noite de chuva e vento, tal como a de 13 de dezembro. O revólver será disparado sem silenciador e em seguida com ele.

Involuntariamente, os olhos do médico tinham cruzado com os do arquiteto. Onde já se viu alguém neste mundo se suicidar usando uma arma com silenciador? Em vez de algum lampejo de descrença, os olhos do outro ostentavam a mesma embriaguez doentia.

Será que ele realmente não estava entendendo nada? Ou seria uma forma de autodefesa?

Portanto, será testado um disparo com silenciador, repetira o ministro, e a seguir, como se tivesse atinado com o raciocínio do médico de que falar em silenciador, naquelas circunstâncias, equivalia a admitir abertamente uma suspeita de homicídio, acrescentara: Não é preciso dizer que todo esse... negócio... deve ficar entre nós.

Agora só faltava ele dizer às claras que no final o Sucessor seria dado como vítima de assassinato, ou seja, como mártir da revolução, e imediatamente se desvaneceriam todas as nuvens negras que maculavam seu nome. E que começaria a condenação dos outros, daqueles que o tinham levado ao túmulo.

Mas a prioridade é a autópsia, dissera o ministro, fitando o médico quase com ternura.

Claro, dissera consigo Petrit Zallheri.

Ele sempre soubera que algum dia se faria a autópsia.

Pensa que me alegro ao ouvir isso?, comentou com seus botões, dirigindo-se ao ministro.

Ele já sabia, sem dúvida. Nos tempos que corriam, nada poderia ser mais volúvel que as conclusões de uma autópsia. Seus resultados poderiam ser convenientes hoje, mas inconvenientes amanhã. Havia algumas semanas, tinham sido exumados do Cemitério dos Mártires da Nação os restos de Kano Zhbira, ex-membro do Birô Político que se suicidara anos antes. Fora a terceira vez que o arrancaram da cova. Cada mudança ocorrida na linha política, antes mesmo de influir na economia, atingia seus ossos. Aquele reumatismo de além-túmulo, *rheumatismus post-mortem*, uma enfermidade ainda desconhecida neste mundo, era mais perspicaz que todas as projeções dos analistas. Logo depois do suicídio (e, claro, dos boatos de assassinato), ele fora sepultado com todas as honras no Cemitério dos Mártires. Pouco tempo mais tarde, fora tirado dali e levado para o cemitério civil de Tirana, por solicitação dos iugoslavos, já que foram descobertos em sua ficha traços de antiiugoslavismo. Um ano depois, consumado o rompimento com os iugoslavos, a ossada fora desenterrada e novamente conduzida ao jazigo de origem, no Cemitério da Nação, desta vez como herói da resistência à Iugoslávia. Quanto à última exumação, que o levou de volta ao Cemitério Civil, ocorrera às escondidas, por razões que ninguém conhecia.

Um chilrear de pássaros fez com que ele erguesse os olhos. Deu-se conta de que sorria ao pensar que os antigos não erravam quando buscavam no vôo das aves os presságios de mudanças políticas.

Estavam todos perdidos, sem sombra de dúvida. Até mesmo o ministro que comandava o grupo. Mas este, como o arquiteto, parecia não atinar com nada, ou assim fingia. Os dois não escondiam que estavam se divertindo, trocando cochichos entre si, como se não fossem ministro e arquiteto, mas dois joões-ninguém. E por fim, antes de se separarem, o ministro chamara o outro de lado e os dois desapareceram no porão da residência.

O médico imediatamente os esqueceu e se pôs a pensar na autópsia. Como triste consolo, ocorreu-lhe que pelo menos seria uma autópsia de primeiro escalão. Pior se lhe acontecesse o que ocorrera com um colega seu, Ndre Pjetergega, em cuja porta aparecera um cigano de Brraka, gritando: "Seu doutor de merda, foi você que disse que minha filha engravidou?", e o ferira de morte.

As folhas amareladas do parque ao lado da avenida fizeram-no suspirar. Sem que soubesse o motivo, bailava em sua lembrança uma velha cantiga de homossexuais, escutada anos antes, em Shkodra:

Acendemos duas velas
À noite no vizirato.
Credo! Sulçabeg ao vê-las,
Cortou as duas no ato.

Acudira-lhe de súbito à mente a garota de camisola, sob a qual se entrevia a graça das formas, no corredor da casa do Sucessor. Seu noivado, e portanto ela própria, estivera no centro da tragédia do pai. E, claro, de todos mais.

Ao passar pela entrada do hotel Dáiti, acorrera-lhe suave e sem pressa a pergunta: por que tinham escolhido precisamente a ele, Petrit Zallheri, para aquela autópsia de alto coturno? Mas não iria quebrar a cabeça com aquilo ou com qualquer outra coisa. Tinha um prazo para viver e trataria de aproveitá-lo. O café que saborearia, no hotel reservado aos estrangeiros e à elite, seria o primeiro passo daquela sobranceira impavidez que pouco a pouco o possuía. Ninguém desfrutava daquela libertação que as pessoas chamavam "a calma da morte", já que com ela acabava a vida. Mas ele, ele a obtivera por antecipação.

Caminhou lentamente até uma mesa livre, sem fitar nenhum dos freqüentadores do bar. Lançou um olhar gélido para o garçom e disparou, atrevido: Um *espresso*!

III.

A duzentos passos dali, com a gola do paletó erguida, o arquiteto se apressava a voltar para casa. Sua mulher tinha sido mais taxativa do que nunca: Assim que acabar o trabalho, venha direto para cá! Nada de café, nem de clube, nem de Encontrei o fulano, entendeu? Nossa vida, a vida das crianças, tudo depende do dia de hoje, não é?

O arquiteto consultou as horas. Logo que o médico-legista se fora, quando estendera a mão para se despedir do ministro, este dissera em voz baixa: Fique um pouco mais.

O outro pusera-lhe uma mão no ombro, naquele gesto familiar de um alto funcionário que deseja se mostrar amistoso com um intelectual e, dois passos adiante, perguntara num tom ainda mais baixo, quase num sussurro: Que história é essa de uma passagem subterrânea?...

O arquiteto baixara os olhos, depois sacudira a cabeça numa negativa. Não sei de nada, é a primeira vez que ouço falar disso. O ministro não desgrudava os olhos dele, mas era um olhar em que havia mais afabilidade que desconfiança. São mexericos de bar, prosseguira, num tom aborrecido. Se você, o arquiteto da casa, não sabe, como eles podem saber? E passara um tempo a xingá-los: Cachorros, cachorrões, safados incorrigíveis, um dia desses vou pendurar todos pelos bagos!

Quando o desabafo terminara e o arquiteto esperava que se despediriam, o ministro, no mesmo tom sussurrante de antes, dissera: "Vamos mesmo assim espiar o porão, ver o que tem lá embaixo?".

O arquiteto sentira vertigem de tanto espanto. As pernas tremiam.

Um guarda seguira adiante. O arquiteto dava breves explicações: Este corredor leva a uma porta que dá para o jardim. A porta não pode ser aberta por fora, é fechada por dentro, com ferrolhos. O outro corredor, o principal, conduz a um abrigo antibombardeio.

Lembrava que tinha os olhos arregalados, como alguém que a qualquer momento vai se deparar com um fantasma. Aqui não há nada. Aqui, outra parede. Aqui...

Cuidado, segure-se! Mais do que a si próprio, as palavras tinham se dirigido àquela terceira parede. Era uma parede qualquer, como milhões neste mundo. Mas ele sabia que se tratava de uma aparência enganosa. Por trás dela existia um mistério que poucas pessoas deviam conhecer: uma porta.

Nada poderia ter apavorado mais o arquiteto do que a aparição daquela porta. Alguém a tinha aberto, sem seu conhecimento, mas, mesmo assim, se a boataria começasse, a culpa recairia sobre ele. O arquiteto desejaria não conhecê-la, jamais ter sabido onde ficava, mas o destino não o quisera. Poucos dias antes da conclusão das reformas, quando ele descera ao porão a pedido do filho do Sucessor, para ver se o abrigo antiaéreo era capaz de abafar o som da música de uma noite dançante, o filho, apontando uma porta que mal se percebia, dissera em tom descontraído: E aqui está a porta que, desconfio, leva ao porão do Outro. O Outro era o Condutor. Espantado com a ignorância do arquiteto, o rapazinho não escondera seu arrependimento pelo comentário. Depois pedira que não contasse o segredo a ninguém. Porém, à noite, como costuma acontecer com um segredo que deve ser esquecido, o arquiteto contara a sua mulher. Esta, por seu turno, chorara, como de hábito, e em meio às lágrimas exclamara, centenas de vezes: Agora, cale o bico! Esqueça essa porta! Se ninguém sabe dela, a não ser as duas famílias, é porque você também não deve saber. Aliás, esconderam até de você, o arquiteto da reforma. Isso quer dizer que você, principalmente você, não deve saber de nada!

Depois da morte do Sucessor, a conversa da porta voltara a ser assunto entre eles, mais sombria do que nunca. Tem certeza que não disse nada a ninguém? Tem certeza que nunca vai falar? Nunca, nem morto! Mais ainda agora, dissera ela. Agora vão pensar imediatamente no pior: que a passagem subterrânea liga as duas casas e os assassinos podem ter passado por ela. Ai, ai, ai, isso vai de mal a pior!

Naquela manhã, quando ele saía de casa, a mulher voltara a dizer-lhe entre soluços: Cuidado com aquela história da porta! Você é o arquiteto. Você não tem culpa de nada! Só uma coisa pode complicar sua vida: ter visto aquela porta.

Durante as horas em que tinham inspecionado a casa do Sucessor, o arquiteto repetia interiormente: Está passando, meu Deus, esta acabando esta tortura! E eis que no último minuto, bem na hora de ir embora, a frase do ministro surgira como uma armadilha: Vamos ver o que tem lá embaixo? Um convite para descer aos infernos teria sido menos apavorante.

O arquiteto reparou que estava chegando em casa. A mulher, com toda a certeza, esperava-o cheia de aflição. Ele subiu às pressas a escada. A porta do apartamento se abriu assim que ele encostou o dedo na campainha. A mulher estava mesmo do outro lado da porta. Tremia feito vara verde. Ele a abraçou e comprimiu a cabeça dela contra seu rosto. As palavras que pronunciou se emaranhavam aos cabelos dela. Acabou, finalmente acabou, repetia ele. Enquanto ela dizia: Você está pálido. Vamos, relaxe.

Entraram no quarto. Ele deitou-se de costas na cama e repetiu: Meu Deus, passou! Ela sentou-se a seu lado e pôs-se a acariciar-lhe os cabelos enquanto ele começava seu relato. Tudo que havia de exato no desenho de seus projetos mostrava-se confuso no seu modo de falar. Quando chegou à parte da descida da escada do porão, ela segurou-lhe a mão. Então ocorreu a ele uma velha súplica muçulmana destinada aos mortos: Não temas agora que te vais sozinho pelas trevas!

Então: tinha descido a escada, atrás do ministro, esperando que a qualquer momento deparassem com a porta. E de chofre, no lugar dela, em vez de seu sombrio veredicto, havia uma parede. Pelo cheiro de cal e cimento, acabara de ser erguida. Dois, quando muito três dias antes, não mais. Mas para mim foi como se visse a mais bela parede do mundo. Bendita parede, disse comigo. Tinha ganas de cair de joelhos, como os hebreus diante daquele muro deles em Jerusalém. De chorar, de entoar louvores. Não sei como me agüentei. O ministro com certeza me observava. Com certeza estava me testando. Pensei na observação que faria em seu relatório: Diante do muro, o arquiteto não revelou sinais de espanto. Tal como antes, quando mencionei a passagem secreta.

A mulher continuava a acariciar-lhe os cabelos. Passou, Deus é grande, passou, repetia de vez em quando. Assunto encerrado, finalmente. Para nós, sim, disse ele. Para nós acabou-se, mas não para quem fez a parede! Estes, coitados, estão apavorados. Se é que já não foram apanhados a esta hora.

Ela teve a impressão de que o marido vacilava em acrescentar alguma coisa.

— Durma um pouco — disse. — Deito também a seu lado?

— Deite, amor!

Ela se despiu e encostou-se suavemente ao corpo dele. Durma, fique tranqüilo, segredou ao seu ouvido. Mas ele não se aquietava. Ainda dava a impressão de querer dizer algo.

— Há mais alguma coisa? — perguntou ela por fim.

Ele fez que sim com a cabeça. Há. Algo que não me sai da cabeça. A mulher se contraiu.

— Você me contou tudo, não foi? — murmurou docemente. — Nada mais importa. Agora durma!

— Não — disse o arquiteto. — Melhor desabafar de vez. Assim me alivio. Aquela porta...

A mulher teve a impressão de gritar. Outra vez essa porta!

— Mas você não disse que ela foi tapada com a parede? Tapada para sempre...

— É verdade. Mas, não tenha medo, é outra coisa. Um dia...

A mulher voltou a segurar sua mão e ele a lembrar da velha prece muçulmana.

Num tom gélido, espantosamente preciso, ele contou tudo. Certo dia, pouco depois que o filho do Sucessor lhe falara da porta, descera para vê-la outra vez. Uma maldita curiosidade o instigara. Descera, então, e procurara a porta na semi-obscuridade. Apalpara-a por um bom tempo, como fazem os cegos, até se convencer de que resolvera o mistério que o intrigava: aquela porta só podia ser aberta de um lado, aquele do Condutor. Os ferrolhos estavam todos na face oposta, enquanto nada havia do lado do Sucessor.

— Não entendi — interrompeu a mulher. — Era esse o seu mistério?

O arquiteto sorriu com azedume.

— Como não entendeu? O grande mistério se resumia a isso. O Condutor, ou seus homens, podiam penetrar quando quisessem na casa do Sucessor. Durante a madrugada. À meia-noite. Mas o Sucessor não. Mais ainda, este não tinha como trancar a porta por dentro. Não podia. Não lhe era permitido. Aparentemente, era assim que funcionava a relação deles.

A mulher por fim compreendeu. Passou um tempo sem condições de responder.

— Quer dizer que os assassinos podiam ter entrado por ali quando quisessem... — disse por fim. — E você, infeliz, entende o que acabou de me contar?

— Sim — respondeu ele. — Por isso não falei antes. Só eu sei quanto me custou. Era como um abismo em meu peito. Agora que falei, estou aliviado.

A mulher começou a acariciá-lo de novo.

— Pobrezinho — disse lentamente.

— Aquela porta — prosseguiu o arquiteto —, abrindo apenas de um lado, era como a porta da morte.

A mulher se encostou ao corpo dele.

— Vamos esquecer esse tormento. Agora que você contou tudo, vamos jurar não falar mais nisso. Nem mesmo em lugares desertos, onde não exista vivalma. Porque mesmo lá os segredos transpiram. Como naquela antiga história do barbeiro que cortou os cabelos de um fidalgo.

— Chamava-se Gjork Golem, o fidalgo, não é? — perguntou ele. — Conte, conte outra vez, por favor.

Ela pôs-se a contar, como antes, em voz baixa, à maneira de quem entoa uma canção de ninar. Ele, com os olhos semicerrados, imaginava a planície deserta por onde vagara aluado o barbeiro, ao deixar a casa do fidalgo. O segredo que descobrira ao cortar os cabelos do cavaleiro era de um horror desmedido. E igualmente pavorosa fora a ameaça do senhor. Se contares a quem quer que seja o que viste em mim, pobre de ti, homem! Mas o barbeiro, à lembrança dos dois pequenos cornos na parte de baixo do crânio do freguês, sentia que o que vira era de tal monta que não conseguiria guardar consigo. Por isso, procurara em meio à desolada planície hibernal um lugar ainda mais ermo, onde pudesse dizê-lo em voz alta. Assim chegara à beira de um poço abandonado, ao lado de uns caniços que o vento agitava, e ali, debruçado sobre o poço, dissera:

O que sei
Sabe ninguém.
Gjork Golem
Chifres tem.

Mais tranqüilo, seguira então para seu povoado, certo de que, agora que arrancara de si o segredo, este não mais o atormentaria, fosse na taverna, fosse em casa. Mas, pouco mais tarde, um pastor que passava pelo poço parara e cortara um caniço, para dele fazer uma flauta. Talhara-a num instante, como sabem fazer os pastores, abrira-lhe sete furos e levara-a aos lábios para tocar, mas, para seu espanto, em vez da familiar melodia tinham soado as palavras:

O que sei
Sabe ninguém.
Gjork Golem
Chifres tem.

Que história espantosa, ruminava ele, enquanto a mulher lhe sussurrava ao ouvido que agora, depois de desabafar, ele certamente se acalmaria e nem em pensamentos voltaria a se haver com a maldita porta. Inclusive... inclusive se quisesse, tal como o barbeiro, descarregar o segredo em algum poço, bastar-lhe-ia aproximar a cabeça do poço dela... Ele próprio já não dissera que este era mais escuro e secreto que qualquer outro?

O arquiteto fez como disse a mulher. Do fundo do ventre dela, conseguiu distinguir as palavras ainda que abafadas: O que sei... ninguém sabe... você disse... a porta só abre... de um lado.

O terror impedia-a de rir. Depois os murmúrios se mesclaram com os gemidos dos dois, até silenciarem.

A mulher pensou que o outro adormecera quando escutou alguns murmúrios vindos dele. Por toda a Tirana, quem desconfiava que o Sucessor fora assassinado repetia a pergunta: Quem? As mais diferentes suspeitas acorriam, sem que ninguém atinasse com o verdadeiro assassino.

— Agora durma — disse ela. — Esqueça isso. Você está exausto.

— Vou dormir, mas antes quero dizer uma coisa, a última, o segredo dos segredos. Depois, acabou, prometo.

— Ai, não — gemeu a mulher. — Não quero mais escutar!

— É a última, acredite! Depois dela, tudo se acalmará.

O arquiteto interpretou o silêncio dela como aquiescência. Aproximou os lábios de seu ouvido e disse:

— O assassino, que todos buscam e ninguém jamais encontrará... sou eu.

A mulher a custo conseguiu conter o pranto.

— Pensa que fiquei louco? Não acredita em mim?

Os olhos dele estavam frios e indecifráveis como nunca.

— Nem você acredita em mim? — prosseguiu com voz surda. Os olhos dele foram se encolerizando e ela teve a impressão de que tudo desmoronava irremediavelmente.

Curvou-se sobre ele, beijou-o com carinho e disse-lhe ao ouvido:

— Claro que acredito. Quem poderia ser, senão você?

Ele buscou a mão da mulher, aproximou-a dos lábios com gratidão e no mesmo instante adormeceu.

Apoiada no travesseiro, ela fitou longamente o rosto doentio, encoberto, de maneira estranha, por uma aura de serenidade.

Ah, meu pobre coitado, disse consigo antes de cair no choro, conseguiram afinal te enlouquecer.

IV.

A temperatura caíra repentinamente na capital albanesa. Poucos se davam conta de que corria o fim de março, momento em que, conforme o velho ditado, março tomava de seu irmão, fevereiro, três dias emprestados para enregelar alguém que o ofendera.

Ao apertarem o passo, com as golas erguidas para evitar o frio, as pessoas convocadas para os catorze principais auditórios da capital tinham outras preocupações na cabeça. Sabiam que iriam presenciar uma reunião da maior importância, na qual seriam informadas de algo, igualmente essencial, relacionado ao Sucessor. Afora isso, nada sabiam nem podiam adivinhar.

A confusão tivera início de manhã, em diferentes escritórios, quando as pessoas abriram o envelope com o convite e se deram conta de que ele não seguia o costumeiro critério hierárquico de distribuição dos convidados pelos auditórios. Se a datilógrafa do vice-primeiro-ministro fora convocada ao Teatro de Ópera, considerado o mais importante salão, enquanto o próprio vice-primeiro-ministro se dirigia a um recinto da escola técnica de agricultura, onde jamais pusera os pés, isso era apenas o começo da barafunda. Ao chegarem ao local da reunião, os convidados davam com outras surpresas. Ao contrário do que ocorrera em ocasiões anteriores, não havia diante da platéia uma longa mesa coberta por toalhas vermelhas e flores. Apenas uma cadeira, por trás de uma simples mesa quadrada, onde fora instalado um gravador. Mas mesmo isso seria talvez um detalhe, comparado com o mais assombroso: os assentos designados aos convidados. Funcionários de baixo escalão, acadêmicos, motoristas, mulheres velhuscas, membros do Birô Político, ministros tomavam assento lado a lado, em silêncio, após uma rápida pantomima em que arregalavam os olhos, aparentemente sem poder crer nos lugares assinalados em seu convite. Às vezes, pessoas mais simples sentiam um inesperado júbilo com a vizinhança de figurões, mas em seguida, por motivos não explicados, a euforia se convertia em medo.

Uma hora e meia mais tarde, ao saírem, as pessoas estavam boquiabertas. Tinham escutado o gravador reproduzir o discurso do Condutor no Birô Político, naquela reunião marcada para a noite de 13 de dezembro, com a presença do Sucessor, mas que fora adiada, por causa da hora tardia, para o dia seguinte, 14 de dezembro. Entre aquela noite e aquela manhã ocorrera o suicídio do Sucessor.

O primeiro pensamento que ocorria a quem ouvia o discurso era que o Sucessor, prevendo as chibatadas que o Condutor lhe aplicaria no dia seguinte, não agüentara esperar pela hora da tortura e se adiantara, pondo fim à própria vida. Mas, para o espanto geral, o Condutor em seu discurso o perdoava. Era o quanto bastava para subverter a ordem natural das coisas na cabeça de todos.

Milhares de moradores da capital tinham vivido a mesma perturbação que deixara sem fôlego os membros do Birô Político meses antes, na manhã de 14 de dezembro. Não havia lembrança de outra ocasião em que as engrenagens do relógio tivessem se detido de tal forma. Com a interrupção, umas boas doze horas, a maior parte da noite e um pedaço da alvorada, tinham sido implacavelmente devoradas. Era portanto uma terça-feira feroz, contendo em si, porém, uma suavidade vinda da segunda-feira. Ouviam a voz do Condutor, vez por outra abafada por um assomo de ternura. Ele se referia ao Sucessor pelo primeiro nome, tal como em outros tempos: E agora, depois de meditar mais uma vez esta noite, estou certo de que amanhã, quando nos reunirmos outra vez nesta sala, você terá compreendido melhor o seu erro e estará de novo entre nós, entre seus companheiros que o apreciam, valioso para o Partido como sempre!

O dia seguinte chegara para todos exceto para o Sucessor. Estava escrito que ele jamais escutaria aquelas palavras. O prolongamento da reunião, aquele atraso que levara o Condutor a dizer "Todos os camaradas do Birô Político falaram, agora chegou minha vez, mas, pelo adiantado da hora, sugiro fazer minha intervenção amanhã de manhã", fora fatídico para o Sucessor.

Aquela interrupção, aquele hiato temporal entre a segunda e a terça-feira, o sulco tenebroso que o Sucessor jamais transpusera, lançara-o ao abismo. Todos tinham presenciado o seu perdão, menos ele próprio.

Uma tristeza insistente tomava conta do auditório. Por que aquele que suportara a aflição e a degradação daquele longo outono não esperara mais aquela noite? Por que se havia precipitado?

A voz do Condutor mantinha a mesma ternura, aqui e ali até dava mostras de melancolia. Os ouvintes se entreolhavam. Ai, o que fora fazer o Sucessor!

Mas inesperadamente uma espécie de arrepio os trespassava em meio à onda de arrependimento. Até onde poderia ir essa tristeza? A suspeita que jamais os deixara voltava a acometê-los naquela manhã. Havia algo de forçado naquilo tudo. As palavras eram de segunda-feira, quando o Sucessor ainda vivia, mas tinham sido proferidas na terça, quando ele já não passava de um defunto. O passado, contrariando as leis do encadeamento temporal, tornara-se presente. Ontem virara hoje. Era motivo de sobra para desnorteá-los.

Ao longo da tarde o torpor geral se dissipou. Em meio a uma agitação nunca vista, as pessoas rememoravam os menores detalhes da história: o erro do Sucessor, a inusitada proclamação de sua morte, a ausência de luto, os boatos sobre "a sombra", as desconfianças. E, como se tudo aquilo não bastasse, havia ainda a confusão entre a segunda e a terça-feira, que nocauteava a todos. Ao que parecia, aquela subversão temporal era mais do que uma capital seria capaz de suportar.

V.

A Albânia continua a conviver com o enigma do Sucessor. A maioria dos relatórios que chegavam aos órgãos de inteligência começava mais ou menos com essa frase.

Na seqüência das duas hipóteses já conhecidas, a do suicídio e a do homicídio, aqueles que davam crédito à segunda continuavam a interrogar-se: Por que foi morto? E por quem? Era de se esperar que a resposta à primeira indagação ajudaria a responder à segunda. Mas até o momento não havia sinal nem de uma nem de outra.

Entrementes, um médium da Islândia, após examinar e reexaminar os segredos do Sucessor, conseguira, finalmente, arrancar deles alguma coisa. Os estertores do defunto chegavam-lhe num tom grave, contava o médium, como se atravessassem uma nevasca. Em meio a eles, algo fazia menção à noite de 13 de dezembro, bem como a uma mulher, ou, para ser mais preciso, a duas mulheres, porém uma das quais se excluía por tornar a outra improvável, talvez até impossível. Entre o Sucessor e as duas mulheres havia uma espécie de dívida remanescente, que também poderia ser interpretada como uma súplica, uma exigência, quem sabe uma ameaça. As explicações do médium, redigidas, sabe-se lá por quê, em alemão e latim arcaico, tinham provocado sorrisos desdenhosos nos serviços de inteligência. Misturar o enigma do Sucessor, mesmo marginalmente, com uma rivalidade feminina, era uma confissão de que o sujeito não entendia nada do mundo comunista. Fora essa a resposta que os analistas tinham dado, para a consternação do médium.

Enquanto isso, a cerca de dois mil quilômetros de distância, no teatro dos acontecimentos, um pronunciamento do Condutor, feito logo após a morte, mantinha a capital albanesa numa completa barafunda. Ainda assim, distinguiam-se em meio ao nevoeiro os sinais de uma revisão, talvez de uma reabilitação, da imagem do Sucessor. Uma autópsia tardia, uma nova investigação sobre as circunstâncias da morte, acompanhada de rumores que pareciam toleráveis, se não ensaiados, como o que falava da "sombra" que penetrara na casa durante a noite, o das duas pessoas vistas por uma faxineira quando desciam ao porão levando pelo braço o Sucessor, ou seu cadáver etc. e tal.

Caso esse novo inquérito objetivasse a admissão da hipótese do homicídio, era possível que o Sucessor terminasse no papel de mártir da Revolução, assassinado por um grupo de renegados, um roteiro bem conhecido nos países comunistas.

Um jovem analista lançou a idéia de que, conforme os indícios, o Sucessor poderia ser deslocado de uma conjectura para outra, como uma alma penada a errar pelos círculos infernais de Dante. O analista apagara do relatório as derradeiras palavras, desde "como uma alma penada" até o nome do poeta florentino, com a intenção de reservá-las para emprego posterior, talvez em um livro de memórias.

3. Doces lembranças

1.

A manhã guardava semelhança com a outra, exceto pelo fato de que "eles" tinham chegado mais cedo. Que bom, pensou Suzana, afundando a cabeça no travesseiro. Ela os esperara ao longo de todos aqueles dias. Parecia-lhe que tardavam, que tinham desistido da autópsia e de tudo mais. Que bom, repetiu, e tratou de voltar a dormir. Mas os ruídos tinham algo de especial, o que a fez despertar.

No corredor, mordendo os dedos com nervosismo, deu com o irmão. Antes que ela perguntasse "O que está fazendo?", ele apontou com a cabeça para a porta do quarto, sob a qual assomava a réstia de luz, tal como da outra vez, com o mesmo brilho inquietante.

De dentro chegava-lhes um som muito específico, abafado.

— Estão disparando tiros no quarto do pai — disse o rapaz em voz baixa.

— O quê?

— Estão disparando tiros. Não tenha medo.

— Você ficou louco — disse ela.

O rapaz nada disse. Balançou-se sobre as longas pernas, com a cabeça sempre voltada para a mesma direção. Suzana reparou que sua camisola desabotoada entremostrava os seios nus e distraidamente se pôs a procurar pelos botões com os dedos, sem os achar.

Voltaram a soar tiros, embora abafados. Vocês estão todos loucos, pensou Suzana. A idéia de que matavam de novo seu pai, quer dizer, seu cadáver, atravessou-lhe de repente o cérebro ainda sonolento, tão verdadeira como insana.

Pareceu-lhe que o irmão iria marchar para a porta e ela segurou-lhe a mão:

— Espere!

Silenciosos, quase paralisados, esperaram, ouvindo a respiração um do outro, até que a porta se abriu. À luz que vinha do interior, viram alguém que saía a toda a pressa. Realmente levava um revólver, decerto aquele que acabara de disparar.

A jovem sentiu que não estava em condições de formular a pergunta "O que você está fazendo?", nem as palavras "Que loucura" ou "Que horror". Pela porta entreaberta, logo depois do homem com a arma, saíram outros dois, com roupas brancas de enfermeiros e umas pinças nas mãos. Ah, não, gemeu consigo mesma. As pinças pareceram-lhe ensangüentadas. E, como se aquilo não bastasse, a última pessoa a sair trazia consigo uma vasilha contendo uma grande posta de carne, de fato sanguinolenta.

Estou sonhando, pensou Suzana, aproximando-se do irmão. Só podia ser um pesadelo, daqueles que vinha tendo cada vez mais freqüentemente. Fincara as unhas na mão do irmão, mas isso não a ajudava a despertar.

— Não tenha medo — dizia ele, para acalmá-la. — Estão

fazendo um teste com a arma. Um dos peritos explicou ainda há pouco. Está escutando?

Suzana nada ouvia. Ele aproximou os lábios do ouvido dela para transmitir a penosa explicação:

— Estão fazendo testes para ver se é possível escutar os tiros de fora, entende?

Os testes eram feitos alvejando a carne, no caso uma posta de carne de vaca, pois um tiro que atinge carne se diferencia de outro qualquer.

Finalmente algo começava a aflorar na consciência de Suzana.

— Como você sabe essas coisas? — interrompeu-o. — Está colaborando com eles?

Foi a vez dele de contestar:

— Você está delirando.

Por dias a fio, os dois irmãos tinham comentado entre si a suspeita de que algum parente colaborara no assassinato.

Ele pôs a mão no ombro da irmã, para levá-la até o quarto. Era consolador que não a interpelasse com as palavras: "Já não basta você ter sido a causa de toda essa tragédia, e ainda vem com essas irritantes maluquices!". Além disso, as pinças ensangüentadas que havia pouco a tinham deixado apavorada, assim como tudo mais, tinham com certeza as melhores intenções. Com elas, quem sabe, algo da vida de antes haveria de voltar.

Ela tentou adormecer outra vez mas não conseguiu. Sua mão direita começou a afagar o peito, depois o ventre e mais embaixo. Ainda estava confusa, mas se deu conta de que havia quase cinco meses não fazia amor. O desejo, que julgara extinto para sempre, retornara de surpresa, mais urgente do que nunca.

Cinco meses, disse consigo. Como era possível? Ela, que pensava ser incapaz de agüentar uma semana sem fazer amor, levava havia cinco meses uma vida de monja.

Acorreu-lhe à lembrança a última vez que dormira com Guencs, na casa de praia, logo depois da cerimônia de noivado. Era setembro. As casas de veraneio se esvaziavam uma a uma. Embora não fizesse frio, tinham acendido a lareira.

Depois haviam se estendido nus diante dela, como vinham fazendo nos últimos tempos. Seu desejo e em seguida seus gritos tinham sido superlativos. Também ele, contra seus hábitos, soltara uns gemidos de ferido.

Você tem algum problema, dissera ela, logo depois de acabarem, numa voz ainda ofegante. Com um sorriso azedo, acrescentara ter ouvido falar que, logo depois de fazer amor, uma pessoa sempre pensa no principal aborrecimento do dia.

Guencs a fitara por algum tempo nos olhos. Você não sabe de nada?

Ela fez que sim com a cabeça. Claro que tinha ouvido rumores. Inclusive dentro do Bloco. Mas achara que não tinham a importância que aparentavam. Era sabido que depois de todo noivado sempre começavam os mexericos.

O outro nada dissera.

Suzana tocara-lhe os cabelos com a ponta dos dedos.

Mesmo que fale assim, você se aborreceu, prosseguira ele.

Ela não ocultara seu aborrecimento, mas não pelo motivo que ele supunha.

Não é fácil de explicar... Tem a ver com uma baixaria que me persegue há tempos... Você entende?... Quer dizer... eu que desejei tanto tudo isso... Tanto que você nem imagina... por que logo a mim foi acontecer uma coisa dessas?

Mas o que aconteceu?, interrompera Guencs. Você mesma acabou de dizer que mexericos são a coisa mais natural numa ocasião como essa.

Claro, é isso... Apesar de tudo, existe uma barreira, um

desencanto, não sei explicar... Em coisas tão delicadas como o amor, basta uma coisinha para acabar com a alegria.

Com o canto dos olhos ele acompanhava os pequenos cachos castanho-claros, como se tentasse adivinhar o fio dos pensamentos por baixo deles. Assim, dissera-se ela, naquele dia inesquecível em que pela primeira vez tinham se despido sobre o mesmo sofá. Com pressa, com as mãos tremendo, ela tirara o vestido de verão, e depois dele tudo mais. Com os olhos enevoados de tesão, nem reparara na hesitação dele. Estava a dizer-lhe frases que nunca se julgara capaz de ousar, acompanhadas de carícias também despudoradas: Adoro fazer amor, principalmente assim, aqui... entende... morro por você... quando tomara consciência do retraimento dele. Não se acanhe, não sou virgem, exclamara, quando julgara ter entendido a causa da contrariedade. Já faz bastante tempo, entende? Vamos, amor, dissera, quase num gemido, exibindo-se ainda mais atrevidamente, até com uma espécie de rudeza, num cego assomo de raiva, e ele retraíra a cabeça, num gesto culpado. Não podia, já não havia como ocultar, e com palavras confusas pusera-se a explicar que era a primeira vez que aquilo lhe acontecia. Nunca ocorrera com as outras.

Ela tentara se apegar ao sentimento de desavença subitamente despertado pela palavra "outras". Sabia que não tinha o direito, que era um capricho feminino, mas mesmo assim, enervada, não conseguira escapar da raiva: quer dizer que com as outras tudo ia às mil maravilhas, e com ela nada.

Ouça, ouça! Com palavras precisas, ele tentara lhe explicar que não era nada do que ela estava pensando. Não só não era nada daquilo. Era exatamente o contrário. O retraimento vinha de um assomo de amor excessivo.

Ela quisera interrompê-lo: conhecia aquela conversa. Nas noites dançantes no ginásio, os garotos da classe, aqueles mesmos que se esfogueavam ao se esfregar nas garotas, na hora de dançar com ela se encolhiam num passe de mágica. As faces se ruborizavam, as mãos tremiam, mas não de tesão, como antes, pelo contrário. O centro de seus corpos era o primeiro a exibi-lo, como um pinto molhado. Em vez de se apertarem ao ventre dela, evitavam tocá-lo, para instantes mais tarde se desinibirem com as outras meninas.

De maneira confusa, também ele pusera-se a contar mais ou menos o mesmo. Uma filha de dirigente despertava atração, deferência e também medo, mas era este último sentimento que se impunha. Ao passo que ele tinha razões suplementares para isso, por causa da sua biografia familiar. Aos pedaços, Suzana ouvira de novo sobre o pai dele: sismólogo, estudos em Viena, no tempo da monarquia, os temores que imperavam constantemente na família.

Escutara aquelas lacônicas explicações com um brilho irônico nos olhos, enquanto repetia consigo mesma, como num assomo de pranto: Tinha mesmo que acontecer comigo... Sentia que a raiva cega não a abandonava, e deixou escapar com frieza uma frase amarga de que se arrependeu em seguida: O medo da ditadura entranhou-se a tal ponto?

O rapaz mordera os lábios. Ela quis atenuar o que dissera, acrescentando, num tom meio brincalhão: Será que somos tão pavorosos assim, meu pai, eu?...

A tristeza nos olhos dele parecia sem esperança. Ela tomara sua mão, beijara-a, levara-a aos seios, depois ao ventre. A renúncia a qualquer pudor tornava tudo mais fácil. Não afaste os olhos, dissera ternamente. Isso lhe parece sombrio, ameaçador? Mais aterrorizante e sombrio que a ditadura do proletariado? Diz, amor...

Ele não respondera. Nua como estava, Suzana erguera-se e aproximara-se da janela. Permanecera um tempo olhando a praia deserta. O mar estava frio e sem cor. Junto dele distinguia-se dali a silhueta de uma mulher. Se não soubesse que era sua mãe, não a reconheceria. O amplo xale que lhe cobria os ombros emprestava certa inquietude a seus passos. Suzana tivera a impressão de que a mãe sorria com ironia. Pensou em como a mãe imaginaria seu orgasmo de amor. Pobre mamãe, se você soubesse, murmurara consigo. Um mês antes, quando falara à mãe do rapaz que acabara de conhecer, pela primeira vez na vida a mulher do Sucessor mostrara uma espécie de compreensão. Suzana empenhara toda a sua paixão naquela confidência. Falara de coisas que nunca antes ousaria mencionar. Contara, em termos crus, impudicos, sua tortura corporal. Desde que ela tinha se afastado... quer dizer, que a tinham afastado de seu primeiro amor, ela sofria um inferno. Não se tratava de algum padecimento espiritual, que a mãe poderia qualificar como um luxo, mas de outra coisa, raramente mencionada: do suplício do corpo. Ela não se envergonhava de confessá-lo à pessoa de quem se sentia mais próxima. Depois de duas semanas de relações sexuais constantes, seu corpo fora brutalmente arrancado daquela dimensão. Obedecera à solicitação do pai, aos motivos de força maior ditados pela carreira dele. Baixara a cabeça como uma ovelhinha, abrindo mão da alegria mais sublime que existe neste mundo. Mas aquilo não poderia continuar para sempre. Por fim ela achara alguém que lhe agradava. Os dois naturalmente levavam as coisas a sério, pretendiam noivar, mas ela sentia necessidade de uma relação, de conhecê-lo melhor. Nas circunstâncias, parecia impossível: os guardas, a residência num bairro fechado, os agentes da Sigurimi que seguiam seus passos pela cidade. Só ela, sua mãe, poderia salvá-la de todo aquele tormento. Ajudá-la para que se encontrassem de vez em quando, em segredo, por exemplo na casa de praia, quando todos iam embora no fim da estação de veraneio... E, para sua surpresa, a mãe não se opusera.

Suzana continuara a seguir com os olhos o vaivém irrequieto da mulher e, pela terceira vez, dissera consigo: Pobre mamãe!

Com aquele andar especial, um tanto dançante, conferido por

uma nudez liberta de qualquer pudor, Suzana retornara ao amado. Ele, sombrio, fitava as chamas na lareira com um olhar fixo.

Ela sentara-se descuidadamente sobre os joelhos. Conte para mim sobre essas "outras", dissera, baixinho, sem a menor irritação. Conte que depois conto eu! Ele respondera, lacônico: Não quero. Ela lhe afagara os cabelos, a nuca, mimando-o, mas ele afastara bruscamente sua mão. Você está enganada, prosseguira, isso em nada me envergonha... Até... Aquele "até" a incomodara... Até seria de espantar que tudo acontecesse normalmente. Vocês todos irradiam um tamanho terror... O quê?, dissera a jovem, mas ele se apressara a responder: Nada, nada, esqueça... Em meio a um silêncio gelado, fora ele que passara a acariciar seus cachos macios e sussurrara ao ouvido dela: Tudo bem, vou contar. E ela, distraída como estava, escutara uma história sobre o hospital em que Guencs fora internado depois de quebrar a perna, onde a enfermeira, um pouco mais velha que ele, fora a seu leito à noite, e sobre uma colega de classe, e ainda outra história, durante alguma ação de trabalho voluntário da juventude, no norte.

Quer dizer que você não teve problema com nenhuma delas, dissera ela depois do silêncio seguinte. Por que o guardou para mim, hein? Ele sacudira a cabeça, como faz uma pessoa prestes a dizer um monossilábico "não" antes de contrariar seu interlocutor. A irritação, tão cega como antes, passava de um para o outro. Você não compreende que é diferente das outras? Você é outra coisa, entenda, outra coisa. Ela não sabia como interpretar aquelas palavras. Às vezes pareciam-lhe um bom sinal e às vezes mau. E quando ele pedira para ouvir a única história dela, da paixão que a arrebatara, a jovem sentira que ainda tinha ganas de se vingar. Em outra ocasião, teria contado tudo de maneira mais neutra, mas naquele dia, nervosa como estava, relembrara tudo num impulso, sem pensar na dor que poderia causar ao outro. Você falou de mim como "outra coisa"? Outra coisa, na verdadeira acepção da palavra, era ele. Não sabia o que era nem apoio nem medo. Seria de desconfiar que fosse um contestador silencioso do regime. Mas nem isso ele parecia. Era simplesmente indiferente. Indiferente e dominador. Ela se entregara, como se diz, desde o primeiro encontro. Mal completara dezessete anos. Qualquer outro, depois do desvirginamento, apresentaria os sintomas que se sabe, se não de temor, pelo menos de confusão. Ele permanecera silencioso. E ela compreendera de imediato que era ele a pessoa que ela esperara com ardor. Tinha começado a amá-lo loucamente, como se diz. Ele também, talvez. Mas poucas vezes ele usava palavras amorosas. Sempre que a penetrava, Suzana julgava captar em seu ardor algum sofrimento secreto, como se ele buscasse outra coisa, talvez, no ventre dela. A ausência de explicações, o silêncio, terminara por contaminá-la. Assim, quando ele subitamente revelara que já fora noivo, ela que em qualquer outra circunstância se encolerizaria, exigiria satisfações, choraria, acusaria, naquele dia baixara a cabeça e se calara. E assim se prolongara a relação entre eles, até que fora descoberta. Era precisamente o período em que o pai dela estava sendo designado como o Sucessor. Aliás, havia indícios de que a causa da descoberta fora exatamente os novos holofotes que de repente haviam se acendido para focalizar a carreira do pai. A mãe exigira uma imediata separação, em termos cortantes, frios, sem recriminá-la pelo que fizera, mas não admitindo a menor chance de desobediência. Seu pai está sendo escolhido o próximo Condutor. Você fará o que digo por consideração a ele. Do contrário, seremos obrigados a internar seu amante,* com todos os seus parentes próximos e distantes.

* Na Albânia de Enver Hodja, o "internamento" era uma espécie de desterro no interior do país; consistia em designar uma cidade ou um povoado como local de moradia do condenado, proibindo-o de deixá-lo enquanto a pena estivesse em vigor. (N. T.)

Suzana a contemplara com olhos arregalados. Internar a pessoa que a fizera feliz? Vocês perderam a cabeça, gritara. Quem perde a cabeça é você, que não está compreendendo nada, retrucara a outra. E prosseguira o desabafo: já não bastava andar com aquele vagabundo, ainda tinha o topete de defendê-lo! Ele não é vagabundo, respondera a jovem. Quisera acrescentar que era o homem que a fizera mulher, mas logo dissera consigo que ela e a mãe nunca se entenderiam, mesmo que aquela briga prosseguisse por mil anos.

Dois dias depois, o pai a chamara. Uma corrente de ar trespassava constantemente os vidros das grandes janelas do escritório. Suzana sentia frio. Sabia que não usaria nenhuma das muitas palavras que pensara. O que poderia o pai saber sobre o corpo dela? Como ela iria lhe falar de seu peito e das ancas sequiosas de carícias e do baixo-ventre, ali onde a dor e a doçura se fundiam fatalmente? Abrir mão do amor, ela que contava com impaciência os dias, as horas e os minutos quando se aproximava a ocasião? Que se assombrava ao ver como, depois daquele desvanecimento celestial que em que tudo se desfazia e derretia como um círio, o corpo ainda mantinha seus contornos? Eles tinham outros vícios na vida, tinham os congressos, as bandeiras, os hinos, os sepulcros dos mártires, ao passo que ela tinha apenas aquele... seu corpo... sem limites...

O pai a observava com os olhos claros, cuja frieza, surpreendentemente, naquele dia parecia mais suportável. Sabia que ela própria tinha um olhar assim, alheio, longínquo.

Por um longo intervalo ele silenciara. Depois, começara a falar, e desde o primeiro instante ela sentiu que não só a voz, mas a escolha das palavras, seu ritmo e tudo mais estavam diferentes. Dali por diante o pai dela não seria mais o que já fora. Ninguém podia saber o que representava ser um Sucessor, exceto aquele que o era... Não se prolongaria sobre aquilo, apenas diria: as pessoas pensavam que ele agora era mais forte do que nunca. Isso era apenas uma meia verdade. A outra metade ele diria apenas a ela: dali por diante ele seria mais forte e ao mesmo tempo mais vulnerável do que jamais... Penso que você vai me compreender, minha filha.

Suzana ouvira de cabeça baixa. Uma espécie de centelha fria e silenciosa repentinamente iluminara aquilo que talvez fosse exigir dias e semanas inteiras. Quando sentiu que não conseguiria mais segurar as lágrimas, erguera os olhos para aquiescer. Confuso, como que envolto numa névoa, ele permanecera de pé enquanto ela se voltava e ia embora. Na porta havia explodido em soluços e nas escadas, ao voltar a seu quarto, sentira que chorava a cântaros.

Assim tivera fim seu único caso de amor. Na última explicação com o namorado, tentara se conter o mais possível. Não mencionara a possibilidade de seu internamento nem a briga com a mãe. Mesmo assim, depois de fazer amor, exausta, não lhe ocultara que estava se sacrificando pela carreira do pai. Ele a ouvira com o cenho franzido, sem entender o que ela queria dizer. Depois, quando ela repetira, ele dera sinais de entender alguma coisa. Não dissera uma só palavra; só depois de um longo silêncio havia dito que aquela história de sacrifício dava a sensação de um acontecimento remoto, desses que ele pensava que não ocorriam mais.

Tinham sido as últimas palavras entre eles.

Pois assim acontecera... Durante todo o relato, o noivo não desviara os olhos dela. Aborreceu-se, querido?, disse ela, afagando-lhe a nuca. Não precisa se irritar, tudo isso já passou... Surpreendentemente, o outro não parecia incomodado. Durante o relato, ocorrera uma mudança. Não chegou a se dar conta de qual detalhe da narrativa sacudira o noivo, mas de súbito, aproximando os lábios do ouvido dela, ele a interrompeu para murmurar: Você vai me mostrar de novo aquele seu negro mistério?...

Radiante de felicidade, ela voltara a se desnudar, apressada, febril, com as mãos tremendo. Meu amor, meu amor, murmurara, quando ele tocara pela primeira vez seu ventre. Os gritos dela tinham se transformado num soluçar abafado, para se repetirem em seguida e outra vez se converterem em soluço. Quando ele se afastara, ela permanecera algum tempo com os olhos entrecerrados. Tinha as faces banhadas em lágrimas. Como você está bonita, exclamara ele, e ela, sem abrir os olhos, respondera: Como você me fez bonita!

Saciada, ela o cobrira de beijos e palavras doces. Vamos fazer de novo, não é? Durante as noites, as tardes, as alvoradas, não é? Claro, respondera ele, enquanto procurava um cigarro com a mão tateante de um cego.

II.

Enrolada na colcha, completamente derretida, Suzana tentou adormecer. Nunca suas recordações a haviam estafado assim. Tinha as faces úmidas como antes. O sexo também.

Por trás da janela a luz do crepúsculo se avermelhava. O horror parecia estar passando. Todas aquelas autópsias, os investigadores de jaleco branco, aparatos, medições, acabariam por dar em alguma coisa. Pobre papai, seria recompensado com atraso. Mas pelo menos sua alma teria paz. Eles, a mãe, o irmão, ela, Guencs, continuariam a sobreviver. Sem ele, claro, sem sua perigosa celebridade, cabisbaixos, recolhidos em sua concha, partilhariam seu calor.

Assim dissera tia Meme, a única a visitá-los nos dias desolados que se seguiram à tragédia: Reúnam-se, aqueçam-se uns aos outros.

Tinha desembarcado numa madrugada vindo do Sul distante, de um trem que parecia concebido sob medida para ela, tendo sobre o xale negro uns flocos de neve caídos de sabe-se lá que céu.

Toda temor e espanto, Suzana fitara a velha desconhecida que batia à porta havia já algum tempo.

Sou a tia Meme, vim vê-los, dissera a outra em voz sonora.

Suzana gritara ao pé da escada: Mamãe, a tia Meme chegou!

Pensara que a mãe haveria de se animar um pouco, já que por fim alguém batia à sua porta depois do prolongado abandono. Porém os olhos da mãe, inchados de sono ou de insônia, fitavam a visitante com menosprezo, como se não a reconhecessem.

Sei que vocês esqueceram de mim, mas não me importo, dissera a velha. Quando Deus não me chamou, perguntei-me para qual tormento Ele estava me reservando.

Numa linguagem envelhecida, da qual Suzana não entendeu metade, a tia fizera suas recomendações. A maior parte delas começava pela palavra "não". Não abram a porta para ninguém. Não guardem a lembrança de nada, nem do que sonharam. Não forcem a cabeça para saber qual mão derrubou o coitado. Atrás de cada porta pode haver uma outra, mas depois da outra sempre está a mão de Deus. E você, menina, dirigira-se a Suzana, não pense que tem culpa. Nem você, filho, voltara-se para o irmão. E não pense em vingança! Ai-ai-ai, como foi longe esse assunto! E principalmente você, a mulher, a viúva, a coitada das coitadas, não pense mais nisso! O que se fez não se desfaz, o que se fez não está mais por fazer. Esqueçam, como esqueceram vocês.

Enquanto a velha falava, a mãe a observava com o mesmo olhar fixo, entremeado de medo.

De maneira confusa, chegavam a Suzana nostálgicas lembranças de parentes distantes, esquecidos em povoados remotos, em fragmentos de consciência que se derretiam tão subitamente quanto como tinham aflorado.

Tia Meme não criara caso. Continuara suas recomendações iniciadas por "não", aparentemente satisfeita por ver que o filho não só a acompanhava com atenção como, depois de tomarem café, a chamara de lado para uma conversa particular.

Suzana repetia consigo as palavras da velha tia: Esqueçam, como se esqueceram de vocês. Era fácil falar, não fosse pelos sonhos. Dali por diante, metade de sua vida, quem sabe a metade principal, seria composta de lembranças e sonhos.

Ainda estavam em abril, mas na sua fronteira, inelutável e ruidoso, aproximava-se maio com seu dia primeiro venerado como um deus.

Nunca lhe passara pela cabeça que o dia mais penoso de sua existência estaria repleto de multidões em movimento, tambores, cartazes, bandeiras vermelhas e alto-falantes reverberando música festiva. Aqui e ali, flutuavam retratos do pai, mais numerosos que qualquer outro, exceto apenas os do Condutor.

Da tribuna, com os olhos fixos, ela seguia as infindáveis ondas do desfile. Sentia vertigens. Imaginava com angústia o homem que talvez ainda esperasse por ela no apartamento da rua de Pishave. Qual das frases dela ele lembraria? Se eu não chegar até as oito e meia é porque não venho mais, quer dizer que nunca mais nos veremos. Te amarei a vida inteira! Mesmo que tivesse duas vidas, nas duas eu te amaria!

De vez em quando, com um olhar oblíquo, ela observava a tribuna de honra, onde o pai, do lado direito do Condutor, saudava com a mão a multidão, enquanto à sua frente cintilavam os flashes dos fotógrafos. Passado um momento, ela cautelosamente voltava a cabeça de novo para lá, como se quisesse se certificar de que as coisas não tinham mudado, e não sabia se devia se alegrar ou se entristecer ao ver que tudo era como antes e o pai permanecia ainda em seu posto, dois passos à frente dos demais, ao lado do Condutor. Inopinadamente, seu cérebro produzia antevisões dispersas: o pai que de repente recuava dois passos, ela chorando em meio aos convidados: Meu Deus, meu pai, você não foi eleito

Sucessor? Você fez tudo isso para me enganar? Se é assim, deixe-me livre, meu Deus, meu pai, deixe-me ir para o meu amado, despir-me, derreter-me nos braços dele!

O jantar festivo da família não fora menos penoso. A mesa reluzente, os brindes de "Alto e mais alto!", o pai que quedava como se nada ouvisse, com aquele sorriso meio distante não dirigido a ninguém, deixavam-na num estado de entorpecimento. Em meio aos comensais flutuavam a esmo pedaços de fisionomias e frases, quase todas desconexas.

Aquela mesa posta para o jantar parecia-lhe cada vez mais com um altar onde ela seria recostada, cercada de círios, para o sacrifício. Às vezes seus olhos cruzavam com os da mãe. Senhor meu pai, que pelo menos isto lhe sirva de alguma coisa! Assim lhe parecia que repetia consigo, enquanto fitava a fisionomia do pai, semelhante à de um noivo extasiado de felicidade. Ele descartara o namorado da filha para assumir ele próprio esse posto naquele jantar de pesadelo.

O entardecer do Primeiro de Maio, contrariando as expectativas, fora só vento e chuva. Fechada em seu quarto, Suzana soluçara sem parar.

Agora ela adormecia e despertava naquela mesma cama, sem saber em que tempo estava.

III.

Por fim ela levantou. Tinha os olhos congestionados, mas não lhe veio à mente o primeiro pensamento que nos últimos dias a acometia toda manhã: que pouco lhe importava estar bonita.

A casa estava silenciosa. Parecia inacreditável que poucas horas antes homens com aparatos e armas iam e vinham pelos aposentos. O irmão, como de costume, saíra. A mãe, ao que parecia, também. Aproximou-se, como em dezenas de outras vezes, da porta do quarto do pai e moveu o trinco. Estava trancada, como sempre.

Voltou ao espelho, afastou uma mecha de cabelo, examinou um sinal antes de se pôr a escová-lo. Tinha a sensação de ter esquecido o que era pentear-se de verdade, um gesto que, de uma forma ou de outra, se liga ao cultivo da beleza.

A porta do quarto do irmão estava entreaberta. Do umbral, espiou por um momento a mesa, sobre a qual uma montanha de livros se espalhava descuidadamente. Naquele quarto, onde ninguém ousava penetrar, o irmão fechara-se por muito tempo com tia Meme.

Depois Suzana vira os dois descerem a escada e andarem pela casa, entrando e saindo pela portinhola que levava ao quintal, ele inclinado para ela, ela de preto e encurvada, apoiada no comprido braço do rapaz, como se ele fosse seu caso secreto.

Tia Meme se fora naquela tarde, porém deixando na casa as sombras de suas palavras. O irmão não ocultava que tivera a curiosidade de perguntar a opinião dela sobre passagens obscuras da família. Por exemplo a maldição, que corria de boca em boca por toda a Tirana. Qual aspecto dela dizia respeito à casa e qual à família? Queria saber sobre a disposição das portas, dos umbrais. Sobre o lugar de onde brotava o mal.

Os dois irmãos não sabiam o que pensar sobre essa última questão. Se existia de fato uma maldição, em que parte da casa podia estar, na velha ou na recém-construída? Noutras palavras, em qual dos dois projetos?

Enquanto conversavam, Suzana não conseguia deixar de pensar na fisionomia do arquiteto. Estava quase convencida de que a maldição se referia à parte acrescentada. Pelo que ouvira desde criança, antes de ser expropriada pelo poder popular, a casa pertencera ao pianista que executara a primeira valsa para o rei e sua noiva, no dia em que se casaram. Mesmo que o pianista tivesse sangue em suas mãos, isso nada tinha a ver com eles.

O irmão rira com amargura. Não sabia o que diziam os antigos sobre casas que trocam de dono. Tia Meme também fora confusa. Estes tempos não são para uma velha como eu, dissera. A gente tinha outra cabeça, pragas, maus-olhados, enquanto hoje há coisas que eu nem entendo! Tem cungresso, plenu e sei lá mais o quê. A-ai-ai-ai-ai!

Quando Suzana dissera que a parte nova da casa ainda não tinha história, pois a tinta mal havia secado e só acontecera nela a festa de noivado, o irmão sacudira a cabeça numa negativa. Ele achava que os crimes se deslocavam com as pessoas, até encontrarem o sítio onde se acoitariam. Mesmo que não fossem crimes ocorridos entre aquelas paredes, em algum lugar tinham sido perpetrados. Nas montanhas, por exemplo, durante a última guerra. Chamavam-na guerra de libertação nacional, mas muitos diziam que fora principalmente uma guerra civil. Em outras palavras, uma briga de foice para ver quem levava a melhor.

Você acha que papai cometeu crimes?, perguntara a jovem, quase num gemido.

Ele não escutara, ou assim fingira.

Suas gélidas palavras davam calafrios. Um noivado rompido no passado reclamava uma revanche, se a algazarra de um novo compromisso subitamente o despertava de seu sono. Por isso o dela tinha vindo abaixo, pelo que chamavam luta de classes.

Você é um louco, dissera ela. Louco e malvado!

O irmão respondera que não era nem louco nem malvado. Quando ela tinha desabafado, entre lágrimas, que não agüentava mais que culpassem o noivado por tudo, ele a abraçara e acariciara longamente seus cabelos.

Deixe-me chorar mais um pouco, pedira a jovem, quando ele insistira para que ela parasse.

Por dias a fio recordara as mechas do cabelo da mãe, agrisalhadas aqui e ali, enquanto ela gritava pela casa, dirigindo-se ao morto: "Desgraça! O que você fez ao Partido?!". Ela se incomoda com o Partido e nada mais, cochichara para o irmão. Nem com ela nem conosco!

Mais tarde, quando os dois rememoraram aquela cena, ele dissera que era inútil tentarem entender o mistério dos vínculos dos pais com o Partido. Eram mais fortes que os laços de sangue, e muito mais que os de um noivado.

Nas montanhas, repetira silenciosamente as palavras do irmão. Ali deviam ter acontecido coisas horrendas. E ali deviam ter surgido os brotos daqueles vínculos espantosos.

Ao que parecia, eram vínculos novos e de natureza desconhecida. Distinguiam-se daqueles das seitas e assemelhavam-se aos de família, já que também se baseavam no sangue, mas com uma diferença: não era o sangue que corria no interior das veias do clã, inalterado ao longo de um milênio, como proclama a genética, mas outro sangue, o externo. Em outras palavras, o sangue dos outros, que eles tinham derramado como ébrios, em nome da doutrina.

Toda vez que uma conversa tocava nesse assunto, ela levava a mão aos lábios: Por favor, não fale dessas coisas. Aliás, nem pense nelas. Mas consigo mesma, sem querer, repetia: Sangue interior, sangue exterior!

O ranger da porta de entrada fez com que volvesse os olhos. Era ele. Tirana ferve de boatos, disse, tomando fôlego. Papai ao que parece será reabilitado.

Espere, conte desde o começo, disse a jovem.

Sentaram-se na saleta do primeiro andar e acenderam cigarros. Por toda parte murmuravam que a autópsia não fora feita de propósito. Falavam até o nome daqueles que seriam responsabilizados, em primeiro lugar Adrian Hassobeu.

Que notícia boa, disse Suzana, e abraçou-o. Imediatamente se lembrou de que tinha a camisola entreaberta, depois das carícias nos seios naquela manhã.

Ele acendeu outro cigarro, que tragou com energia, como se ele lhe desse fôlego. Mantinha os olhos fixos num canto e as pupilas imóveis.

O que houve?, perguntou ela com ternura. Parecia que você ia dizer alguma coisa e de repente se põe a matutar.

Ele sorriu distraidamente.

Nada, não é nada. Só queria dizer: agora devemos estar preparados!

Preparados para o quê?

Lembra-se da última recomendação de tia Meme? Preparados para saber o que dizer.

Saber o que dizer... Está falando da noite de 13 de dezembro? Isso eles sabem, já dissemos tudo.

A velha não estava falando de investigadores.

De quem então?

Ele inspirou penosamente.

Do papai. Saber o que dizer quando ele se apresentar a nós. Esse era o sentido das palavras do irmão.

Você quer mesmo me assustar, não é?, queixou-se a jovem.

Não tenha medo. A cabeça da velha trabalha tal e qual a de pessoas de dois mil anos atrás. O encontro com os mortos, segundo os antigos, é inevitável. Não importa onde, seja em sonhos, neste mundo aqui fora ou dentro de nossa consciência.

Eu o vi duas vezes em sonhos, mas não falei nada.

Um dia vai falar. Todos nós, você, eu, mamãe, devemos saber o que diremos.

Escolhendo as palavras menos sinistras que podia, ele falou por algum tempo do descampado deserto, tal como o imaginavam os antigos, separando este mundo daquele dos mortos. Multidões de mortos, milhares, tal como nas estações de trem e aeroportos, esperavam a chegada dos seus. Uma parte, saudosa, mal continha a ânsia de abraçar aqueles que deixara, mas outros, com os olhos turvos de rancor, apontavam feridas e tomavam satisfações. Além das chagas no corpo, mostravam tratados, evangelhos, documentos oficiais, o *kanun*, autópsias, salmos imemoriais.

Suzana afagou-lhe a mão. Mano querido, chega desses horrores. Já não bastam os daqui?

Mas ele sacudiu a cabeça, dizendo "não". Um dia eles compareceriam diante do pai e precisavam saber o que lhe diriam. Você, a primeira, disse ele virando-se para ela, você, a mais inocente de todas. A mais pura! Comportada como nenhuma outra. Se ele jamais ousasse...

Chega!, disse ela. Não quero ouvir mais. Eu o perdoei.

Acredito, interrompeu ele. Nosso encontro com ele pode ser um simples abraço de saudade. Talvez umas poucas palavras. Mas a explicação para mamãe não vai ser assim.

A jovem mantinha os olhos baixos.

Você, minha mulher, que durante três meses não conseguiu pregar o olho, como foi dormir como uma pedra precisamente na noite de 13 de dezembro? Com certeza esta será a pergunta dele. E não sei qual será a resposta dela. Com qual calmante irá se desculpar? Com qual receita médica?

Ficaram algum tempo em silêncio. Depois, falando baixo, como se não quisesse amedrontá-la, ele disse: Quanto a mim, terei talvez ainda mais dificuldades.

Os olhos dela se arregalaram.

Não tenha medo, disse o rapaz. Não é nada que possa passar pela sua cabeça. Vou ter dificuldade por outro motivo.

Enquanto falava ele mordiscava a ponta dos dedos. Suzana mal compreendeu o que ele queria dizer. Seria mesmo complicado, sem dúvida, pois não seria fácil quando o pai exibisse ao filho a ferida, com a camisa ensangüentada, e o filho, em vez de jurar vingança, dizer, ao contrário: Pare de me agitar assim essa camisa! Você é meu pai, não cabe a mim julgá-lo pelo que fez, mas saiba que não procurarei vingança.

Mano querido, pensou ela, por que se tortura com essas monstruosidades?

Com o rosto exangue, como se falasse consigo, ele explicou por quê, mesmo que surgisse a oportunidade, ele nunca se vingaria, nunca. Como dissera em outra ocasião, fora outro o sangue derramado, vertido noutra direção e composto de outra fórmula. Assim como era outro o seio da mãe. Tanto o pai como a mãe deles, tanto o sangue de um como o leite da outra eram regidos por outras leis. Nas festas, nas canções, bradava-se por toda parte "Luz do Partido!", "Mãe Partido!",* e em breve iriam gritar "O leite, os seios, o sexo do Partido!". Na realidade fora assim desde o começo, desde os primeiros grupos comunistas, quando os militantes, homens e mulheres, dormiam juntos ou não, obedecendo não ao código matrimonial, mas àquele da doutrina.

Enquanto falava ele foi se enervando, mas ela não achava oportunidade para tranqüilizá-lo.

Assim tinha se iniciado aquela história que eles não queriam recordar. Tinham-na abandonado depois da tomada do poder, quando haviam gerado suas crias.

Ele riu com amargura.

Engendraram-nos, mas saiba que esta é uma situação provisória. Na hora da prova de fogo, estarão prontos a nos pisotear em aras do Partido. Como espezinharam você. Como farão também comigo, caso a doutrina o exija.

Por fim Suzana conseguiu interrompê-lo: Meu querido, agora chega!

* Em albanês, "partido" é substantivo feminino. (N. T.)

Deixe-me terminar, disse ele friamente. Não são palavras ao vento estas que estou usando. Meu pai, aqui mesmo, naquele quarto, ameaçou-me: Você é meu filho, mas saiba que, se trair o Partido, meto-o a ferros com estas minhas mãos! E pelos olhos dele eu entendi que ele o faria. Entende o que quero dizer? Ele faria o mesmo que fez Abraão, três mil anos atrás, quando Deus lhe pediu o sacrifício do filho.

Suzana tomara as faces dele em suas mãos. Já escolada em pesadelos, esperava que o murmúrio do irmão cessasse. Mas ele tornava e retornava à nova genética, que incitava o filho a vender o pai, este o filho, a mulher o marido. Por isso eles nada entendiam do que estava acontecendo. Por isso não atinavam, e talvez jamais atinariam, com o que acontecera enquanto dormiam um sono de pedra na noite de 13 de dezembro.

Suzana por fim se ergueu para ir ao banheiro. Por um bom tempo lavou o rosto com água fria. Para sua surpresa, os horrores de que falara o irmão desvaneceram-se tão depressa como um pesadelo ao raiar do dia.

Em seu quarto, deteve-se longamente diante do espelho. Com um olhar melancólico observou um por um os objetos de toalete. O batom parecia ter secado por falta de uso. Umedeceu-o um pouco antes de experimentá-lo. A cor resultante pareceu-lhe insólita, dissimulada. Caso o irmão estivesse ali, sabe-se lá que coisas sinistras haveria de dizer.

Mano querido, vamos pensar em outra coisa, disse consigo. Quanto à tia Meme, aquela solteirona de preto, se vier bem-intencionada, que venha. Do contrário, que não apareça nunca mais!

Vamos pensar em outra coisa, repetiu. A vida de sempre, quem sabe, vai voltar. Aquela mais genética, normal, como diria o irmão. Depois do pai, os companheiros dele talvez se despedissem deste mundo um a um. Toda uma geração, tal como chegara das montanhas, com uma capa nos ombros, como contavam, repleta de intrigantes enigmas, iria por sua vez dissolver-se na neblina.

Vão embora, meu Deus, deixem a vida ser vivida! Até que chegasse a hora de os reencontrarem, naquele descampado onde estariam havia muito a esperar.

Imaginou-se naquela amplidão deserta, defrontando a figura com o corpo cheio de chagas que se aproximava na distância para acolhê-la.

Depois o abraço impregnado de saudade, um penoso aperto em que o pai talvez evitaria o batom de seus lábios, e ela as nódoas de sangue na camisa dele. O que poderia dizer ao pai depois da longa separação?

Pensou ter achado as palavras, mas em seguida as perdeu.

Sentia-se cansada. Haveriam de ser as conturbações da primavera e a antevisão da felicidade represada que lhe pesavam no corpo.

As pernas a conduziram espontaneamente à cama. Antes de se perder no sono, tentou mais uma vez, mas sem nenhuma convicção, achar as palavras que poderia dizer ao pai na tenebrosa margem do rio. Senhor meu pai, de mim te guardaste, por mim chegou-te o mal!

Passou grande parte do dia assim, entre o espelho e a cama.

Às vezes, ao passar pelo telefone, erguia-o, pois por algum motivo parecia-lhe que a linha seria a primeira a voltar depois da longa interrupção.

Anoitecia quando, pela janela do quarto, ela viu o irmão que ia e vinha pelo jardim como um possesso. O pobre, como se tudo aquilo não bastasse, deixava-se devorar por toda sorte de suspeitas! Desde a visita de tia Meme parecia que elas o corroíam cada vez mais ferozmente.

Tia Meme, pensou, imóvel. Se é que fora mesmo ela...

Desceu as escadas, saiu ao terraço e esperou que o irmão se

aproximasse para lhe falar da suspeita. Ele a ouviu calmamente, depois, em vez de contestar com um "Você perdeu o juízo" ou "Chamou-me de maluco, mas você parece pior ainda", disse em tom baixo que tinha desconfiado desde o primeiro dia, mas nada dissera para não assustá-la.

E qual o motivo para me assustar?, perguntou Suzana, desafiadora, enquanto sentia a voz faltar. No pior dos casos, uma falsa tia batera à porta deles, coisas que acontecem, principalmente... principalmente... na situação em que se achavam...

Coisas que acontecem, claro, murmurou o irmão. Mas ele desconfiava de algo mais. Anos atrás, lembrava perfeitamente, um telegrama com um anúncio fúnebre transitara pela casa em meio ao desprezo geral. Os pais andavam dia e noite mergulhados em reuniões e angústias por causa da ocupação da Tchecoslováquia pelos soviéticos, de forma que nenhum dos dois se ocupara do telegrama. Ele tinha uma lembrança confusa, acabara de aprender a ler e ficara curioso, pois nunca tinha visto um telegrama fúnebre, assim como jamais conhecera tia Meme. Quando ela aparecera, lembrara repentinamente a tarja negra sobre o telegrama e o curto texto que notificava, pelo que lembrava, sua morte.

Suzana a custo se mantinha de pé. Você quer dizer que foi uma morta que bateu à nossa porta? Quer me matar com um horror desses? Responda, é isso que você quer?

Medrosa, respondeu ele. Apavorar-se com um defunto! Mas o que você pensa que é? Todos nós, o que pensa que somos? Não passamos de semimortos. Sombras que assombram as pessoas, eis o que somos!

Ah, não, disse a moça, não fale assim. Não fale assim, mano querido. De manhã você estava cheio de esperanças, como eu. O que aconteceu agora?

Ele se desculpou. Não mudara. Nem tivera más notícias. Eram os nervos, que não agüentavam mais.

Acariciou-lhe os cabelos e voltou a dizer doces palavras de esperança. Os sinais eram favoráveis, tal como antes. Até mesmo a aparição de tia Meme não era nenhum mau presságio. Fosse ela um coronel da Sigurimi disfarçado de velhota ou uma alma saída de alguma sepultura provinciana, de qualquer forma era melhor que aquele vazio, que aquela desolação surda em cuja porta, que mais parecia uma lápide, ninguém batia.

Tranqüilizada e sem nada dizer, Suzana entrou em casa. No corredor pareceu-lhe que a porta do quarto da mãe se fechava devagar. Tinha a impressão de que ultimamente ela se sobressaltava sempre que via os filhos em conciliábulos.

À meia-noite perdeu o sono. Como fazia com freqüência nos últimos tempos, levantou e pôs-se a vagar pela casa. Por trás das cortinas havia uma lua fria. No andar de baixo, para seu espanto, pareceu-lhe que a porta do salão estava entreaberta. Apertou o passo na direção dela. Era verdade. Aparentemente fora deixada assim já de manhã, pelos investigadores. Era a primeira vez, desde dezembro, que se esqueciam de trancá-la. Ou talvez não fosse casualidade. Talvez fosse algo ligado a todo o clima reinante.

Aproximou a mão do interruptor de luz, mas retirou-a em seguida. Talvez ainda houvesse uma vigilância lá fora acompanhando cada movimento. Na realidade não precisava de uma lâmpada acesa. À luz do luar, o salão parecia coberto de névoa. Tudo era tão irreal como em sua imaginação. Sentiu que os olhos se enchiam de lágrimas. Reconstituiu com insuportável precisão as cenas fragmentadas do dia do noivado. Em frente à lareira de mármore, o noivo bebendo champanhe com dois colegas. As costas do pai, vestidas com um terno novo, mais adiante. Alguém que entrava com um buquê de flores vermelhas, seguido por um grupo alegre. O espocar dos flashes. Uma voz, "Onde está essa Suzana", e novamente os olhos do arquiteto, úmidos de emoção. Depois, uma paralisia geral, as vozes "O Condutor", "Aí vem o Condutor!" e, assim que ele entrou, uma nova fase da paralisia, dessa vez cristalina, de um cristal que tanto mais fulgurava quanto maior era o silêncio.

Eu já disse a você que ele está quase cego? Suzana afastara a cabeça, como para escapar da confidência do irmão.

Por mais que se procurasse escondê-la, a cegueira do Condutor transparecia em cada movimento. Em certo sentido parecia ter transfigurado até sua voz. Naquele vozeirão grave ele dissera "Felicidades, felicidades!" enquanto buscava os noivos com o olhar. Suzana ficara por um instante imobilizada, incapaz de atinar se seria mais fácil suportar um par de olhos enevoados ou outro, penetrante em demasia.

Antes da despedida, o pai e o Condutor tinham voltado a se abraçar. Com certeza trocavam palavras comovidas, pois não se afastavam um do outro, ela chegara a achar que oscilavam de leve, bem de leve, como se tangidos por uma brisa imperceptível. Quando por fim desfizeram o abraço, Suzana distinguira lágrimas nos olhos do cego e refletira que todos os tipos de olhos lacrimejavam igual. Fora interrompida pela voz aguda da mãe: Quer dar uma olhada na casa?

A lenta caminhada até a sala ao lado provocava em Suzana a mesma angústia toda vez que a recordava.

Tal como das outras vezes, repetiu o percurso. Mergulhado na luminosidade leitosa da lua, o salão parecia encantado. A parte mais bonita da casa, diziam todos os parentes que se sucediam em visitas. Já o irmão, parado na entrada, na noite que antecedeu a festa de noivado, quando ela indagara "Bonito, não é?", respondera "Bonito, mais até do que devia".

Espicaçada por algo, Suzana se juntara ao pequeno grupo. O sobretudo preto e extraordinariamente longo do Condutor ocultava até certo ponto a insegurança de seus passos. Suzana ouvia a voz da mãe, fina como uma navalha, a explicar: Aqui é o segundo salão, o mais bonito da casa, é o que todos dizem. O que há, mãe?, murmurara consigo Suzana. Os olhos dela tinham cruzado repentinamente com os do arquiteto. Estes eram como dois carvões em brasa e Suzana admirou-se de como o negro, mais do que o rubro, consegue emprestar incandescência a um olhar. Além da luminosidade e também do medo, por certo causado pela esperança de elogios, ou pelo receio de não agradar, havia naquele olhar algo mais, que suplantava e igualava os outros sentimentos.

A voz da mãe, fina e cortante como sempre, destacava-se espantosamente em meio ao falatório. Ela explicava como os lustres do salão acendiam e apagavam por um processo especial, empregado pela primeira vez na Albânia. Não, mamãe, suplicou de novo a moça, mas o Condutor se detivera exatamente diante do interruptor para o qual a mão da dona da casa apontava. O mesmo sobretudo preto que disfarçara os passos incertos não escondia a insegurança da mão. Ele se aproximou da parede com os movimentos de quem não enxerga e pôs-se a procurar o botão. À sua volta fez-se um repentino silêncio e, quando sua mão moveu o interruptor e a luminosidade aumentou num relance, ele deu uma risada. Fez a luz aumentar mais, até chegar ao máximo, e voltou a gargalhar, ha-ha-ha, como se aquilo fosse um brinquedo. Os outros riram ruidosamente em volta e aquilo prosseguiu até o momento em que ele começou a girar o botão no sentido contrário. Com a luz declinante, parecia que tudo se tornava mais frio e sombrio, até que as muitas lâmpadas do lustre se apagaram de vez.

Aquelas lâmpadas que se extinguiam, e que tinham divertido os convidados, angustiavam Suzana sempre que as recordava. Às vezes tinha a sensação de que fora naquele lapso de tempo que o destino deles mudara.

Voltou a se sentir extenuada e deixou o salão em silêncio. A ansiedade aparentemente estava passando. Toda aquela conturbação interior talvez fosse apenas sinal de seu término. Os salões, deixados abertos depois de tanto tempo trancados, eram, como tudo mais, um indício daquele fim.

4. A queda

I.

Ela quase sabia que estava sonhando de novo. A porta era baixa, com uma pacífica hera dormitando sobre o umbral, e a sonhadora não atinava o porquê de se achar diante dela. Estendeu a mão para o anel metálico, mas antes de tocá-lo pareceu-lhe já ouvir o som de bater à porta. Esquisito, disse consigo, embora sem sentir nenhum espanto. Em vez disso sentiu medo.

Deu um passo atrás, mas as batidas, em vez de cessarem, ficaram mais fortes. Agora elas vinham de dentro, umas vezes distantes, outras mais próximas. Que porta maluca, disse Suzana em voz alta, e logo depois acordou. Tinha sido quase o mesmo sonho de duas semanas atrás, com a diferença de que agora as batidas continuavam, mais fortes que no sonho...

Por que diabo têm de bater assim?, pensou, aflita. Eles tinham as chaves, podiam entrar quando quisessem, como já tinham feito outras vezes.

Claro que podiam entrar quando bem entendessem. Como

sempre. Com as pontas do travesseiro erguidas para tapar os ouvidos, Suzana pensou que poderia adormecer de novo. As batidas tinham parado. Agora ouvia-se em vez delas o som de passos na escada. E vozes, entre as quais julgou distinguir a da mãe. Suzana libertou a cabeça do travesseiro. Era mesmo a voz dela. E soava mais como um grito.

A jovem se pôs de pé, mas não chegou até a porta, pois esta se abriu com ímpeto. Os gritos da mãe pareciam vir não tanto da boca mas dos cabelos desalinhados e necessitados de tingimento.

Levanta, minha filha, que querem nos internar! Levanta, desgraçada!

Completamente paralisada, semidespida, Suzana por fim conseguiu entender o principal: dentro de duas horas deviam deixar a casa. O caminhão que os levaria a outro lugar esperava na rua. O irmão descia as escadas com duas pilhas de livros nas mãos.

No quarto, Suzana precisou de um tempo para ordenar às mãos que obedecessem. Depois entendeu que não era culpa delas. Era o cérebro que trabalhava espasmodicamente. Às vezes ela achava que não devia levar nada da confusão de objetos em torno; às vezes, ao contrário, queria levar tudo.

O caminhão diante da casa estava quase com a traseira encostada na porta de entrada. Quando a jovem se aproximou, com uma primeira pilha de roupas de inverno, não pôde deixar de ver a placa, LU-1417. Lúshnia, pensou, maquinalmente. Na Albânia Central. A província mais famosa como local de internamento.

Enquanto descia a escada, seguiu com os olhos os soldados que faziam a mudança. A mãe também se apressava no corredor do primeiro andar. O irmão descia de novo, com o olhar perdido. Dessa vez trazia além de livros alguma coisa embrulhada. Talvez o gravador. Ou a máquina de escrever.

Suzana se deteve, indecisa, diante das gavetas abertas, onde guardava a lingerie. Lentamente, com calma, retirou as peças de algodão e em seguida os absorventes higiênicos que a mãe trouxera do exterior. Enquanto os acomodava na bolsa, pôs-se a pensar quanto tempo eles iriam durar. Três meses, talvez quatro.

No corredor voltou a ouvir a voz da mãe. Dizia algo ao irmão. Com certeza sobre os livros.

Suzana voltou a se perder na gaveta das lingeries de seda. Por várias vezes fez o gesto de apanhá-las, mas recuava em seguida. Havia peças de diferentes modelos e cores que na cabeça dela se classificavam em duas categorias: as que associava a *ele*, "o primeiro", e as outras, menos numerosas, de Guencs.

Segurou uma calcinha azul-clara, a do desvirginamento. Aparentemente fora por causa dela que ele tinha feito aquele comentário inesquecível — Gosto de mulheres de luxo. Deixou-a no lugar, voltou a pegá-la, com as outras, e outra vez abandonou todas, exasperada. Tudo parecia concentrar-se de novo num único ponto incandescente, ofuscante, insuportável. Fazia anos que exigiam dela a mesma coisa, sob diferentes formas: a renúncia ao amor. E sempre triunfavam. Suzana pensou ter gritado uma negativa enquanto a mão, num movimento impulsivo, como quem furta, apanhou tudo.

A porta se abriu atrás dela e ouviu-se a voz da mãe: Depressa, minha filha!

São sempre eles que triunfam, repetia Suzana consigo, ao descer as escadas. Ela quisera defender-se, opusera-lhes pequenas resistências, como uma ovelha que levam ao matadouro, porém no fim baixara a cabeça. Mas agora, chega, gritou interiormente.

Seus sentimentos nunca eram levados em conta. Ninguém nem sequer lembrava que existiam. Exceto o primeiro homem da sua vida. O que previra a desgraça.

Suzana sentiu lágrimas escorrendo pelas faces. Frias, com um gosto desagradável, como o pranto de uma mulher com cinzas nas mãos, corriam sem parar. Ao que parecia, ela ia chorar lágrimas assim dali por diante, ao pé de algum canal, atrás de algum capão de mato, enquanto o matuto da fazenda abotoava as calças.

Depressa, disse a mãe, enquanto seguia para o caminhão com um retrato nas mãos. Teremos bastante tempo para chorar depois.

Pouco familiarizados com a tarefa, os soldados tinham dificuldade em carregar a mudança. A cada passo, os grandes espelhos lançavam lampejos traiçoeiros. Com certeza tinham assistido à expulsão dos antigos proprietários da casa, e havia anos aguardavam que a hora deles chegasse.

Cuidado, soldado, disse a mãe, numa voz que ia se fazendo mais frágil. Coloque um papelão embaixo para calçar.

Mulher sem juízo, pensou Suzana. A outra girava em torno do caminhão, sem largar o grande quadro. Só então Suzana viu que era o retrato do Condutor. Endoideceu, voltou a dizer consigo.

O irmão retornava, com uma pilha de coisas nas mãos. Não há mais espaço, disse um dos soldados. O motorista do caminhão e dois civis que acompanhavam a mudança olhavam repetidamente as horas. Os policiais ficavam à margem. Do outro lado da rua, um pequeno grupo de pessoas acompanhava a cena.

Vamos, entrem também, disse o motorista, apontando o caminhão. Abram espaço para eles, disse, para os soldados.

O irmão, encolhendo as longas pernas, foi o primeiro a entrar. Suzana já não se sustentava em pé. Ajude sua mãe a subir, disse alguém. Com os olhos desmesuradamente abertos, a mulher fitou um por um, sem largar o retrato. O filho desceu, segurou o quadro com um movimento brusco e conduziu a mãe para dentro. Suzana cobriu os olhos com a mão.

O barulho do motor, uniforme e monótono, logo envolveu tudo, e tanto a mãe como a filha, até então silenciosas, puseram-se a chorar. O rapaz olhava para a frente, como se não as conhecesse.

II.

O caminhão ainda sacolejava pela planície da Albânia Central quando se começou a falar deles pelos bares da capital.

O choque que as pessoas experimentavam parecia ser de um tipo especial. Inicialmente dava a impressão de uma coisa súbita, mas logo se apresentava como o último espasmo de uma longa série. Depois do impacto da surpresa, as pessoas captavam sinais de um sentimento meio esquecido. Impreciso a princípio, ele ia saindo da névoa até ficar claro que o que fora antes tomado como atordoamento, cansaço ou letargia era na verdade uma sensação libertadora. A palavra "complô", apavorante em outras circunstâncias, repentinamente soava como uma boa nova. Ao mencioná-la, as pessoas captavam, por fim, o quanto fora fatigante evitá-la ao longo daquele inverno.

Então tinha sido um complô, uma conspiração, como se dizia antes, e quem não estava envolvido nele não tinha razão para ter medo.

Sabiam muitíssimo bem como haviam terminado as campanhas iniciadas com denominações discretas, quase afáveis: idéias liberais na cultura, influências externas, por um novo estilo na condução das artes. Começavam com uma reunião no auditório do Teatro Nacional, para findarem no campo de fuzilamento, um descampado nas imediações de Tirana.

Ao passo que agora se falava abertamente em complô. Portanto, em um golpe de Estado do Sucessor, para derrubar o Condutor. E isso dava a entender que ele incluía colaboradores fiéis, conspiradores, códigos secretos, armas, espiões, conexões. O Sucessor não se mataria por um nada, ele que tantas vezes ridicularizara os suicídios. Era realmente tranqüilizadora aquela palavra, "complô". Pelo menos para aqueles que não tinham culpa no cartório. Ela separava, como um golpe de faca, os culpados dos sem-culpa. O que nem sempre ocorrera em outras ocasiões. Antes, ninguém se sentia a salvo de nada. Você achava que estava limpo, e eis que, sem nem saber, caíra sob influências estranhas. Ou então o espírito liberal o havia tentado. Era um espírito, com todos os diabos, e aparecia onde menos se esperava!... Ao passo que ali ninguém poderia pegar no seu pé e dizer, por exemplo, que você faz amor com a mulher de modo não muito correto, num estilo decadente, como se diz, o que era quase como conspirar contra o Estado. Ah, não, essa não! Costumes decadentes são costumes decadentes, podiam não ser coisas boas, ser até bem ruinzinhas, puxa, um pecado para um comunista, que além do mais é um quadro, mas, credo, dai a César o que é de César, nunca na vida poderiam ser chamadas de complô.

As últimas notícias que se abateram sobre a capital ao anoitecer só reforçavam a credibilidade dos boatos do dia. A sepultura do Sucessor fora violada durante a tarde, e seus restos, misturados com pedaços do caixão e punhados de lama, descuidadamente embrulhados numa grande lona plástica, haviam sido levados sabe-se lá para onde.

Pelo modo como parte das pessoas se referia aos últimos episódios, sentia-se uma espécie de interferência em sua fala. Como uma paralisia da língua, que, de maneira surpreendente, tornava o relato mais preciso. A lona barrenta de plástico que envolvera o corpo do Sucessor aparentemente avivava a memória de antigas canções de gesta, parte delas suprimida dos textos escolares depois das sucessivas campanhas de expurgo das mistificações medievais.

Dois dias mais tarde, nos catorze auditórios da capital onde os comunistas se reuniram outra vez para ouvir um discurso do

Condutor, caras esquecidas pareciam ter descido das montanhas com os últimos rigores do inverno. Os senhores de Iutbina se reúnem nas catorze fortalezas dos Vales Amarelos...

Reinava a mesma paralisia da outra vez, provocada pelos convites. E o mesmo gravador repousava sobre a pequena mesa, ao lado de um vaso de flores. A voz do Condutor, fatigada e um tanto indiferente, soava mais ameaçadora que qualquer vociferação. O orador quase não ocultava que se aproximava da morte e que, portanto, não tinha tempo para excessos de oratória.

O que tinha acontecido fora um complô. O maior de toda a história da Albânia. O mais aterrorizante. Instado por seus patrocinadores estrangeiros, o Sucessor, cabeça da conspiração, fora compelido a um gesto de desespero: o sacrifício da filha. Fizera assim um apelo à debilitação da luta de classes, à mudança de linha, que não ousara proclamar de outra forma. Lançara portanto a própria filha nos braços do inimigo de classe, para que todos conhecessem a sua opção.

Com os olhos paralisados pelo terror, as pessoas escutavam as explicações do Condutor. A história nacional fornecia exemplos de famílias que tinham imolado suas filhas pelos interesses da Albânia. A célebre Nora de Kelmend se dirigira à tenda do comandante-em-chefe turco não para noivar com ele, mas para levar-lhe a morte. Ao passo que o Sucessor, pelo contrário, atirara sua menina nas garras do inimigo de classe.

Aquele casamento teria sido o funeral da Albânia.

Depois dessas últimas palavras, fez-se silêncio. O barulhinho uniforme do gravador tornava-se cada vez mais profundo, a tal ponto que em dado momento pareceu que, caso prosseguisse, por pouco que fosse, os presentes escutariam o tropel de movimentos dentro do cérebro uns dos outros. Continuaram grudados na poltrona até que alguém se levantou, marchou em largas passadas até a mesa e desligou o aparelho.

III.

Uma semana depois, os catorze auditórios da capital se encheram de novo. Os convidados eram os mesmos da outra vez, mas ainda assim muitos tinham a impressão de que as salas estavam superlotadas. A impressão de que sombras haviam se infiltrado por entre as poltronas era aparentemente causada pelo que dizia o gravador. Este reproduzia, um após outro, o depoimento da mulher, do filho e da filha do Sucessor. As acusações mais pesadas recaíam sobre a esposa. O filho insistia que, ao contrário da mãe, ignorava a traição do pai; mas uma carta que postara durante uma viagem a Roma, a pedido dele, deixara-o curioso e, agora, intrigado. A filha só falava de seu infeliz noivado. Entrecortado de soluços, seu depoimento era confuso, chegando às vezes a dar a sensação de não se tratar de um único noivado, e sim de dois, ambos fracassados em virtude da carreira do pai.

Uma intervenção do juiz, para lançar luz sobre a primeira história, tornara as coisas ainda mais nebulosas. O pai não estimulara, longe disso, opusera-se ao seu primeiro amor, por também atrapalhar sua carreira, só que por outra vertente. Mas seu primeiro escolhido, pelo que sabemos, era de uma família de comunistas, e jornalista da tevê estatal, não?, queria saber o interrogador. Sim, de fato, aquiescia a jovem. Quer dizer, um rapaz ligado ao socialismo, razão suficiente para que o pai não o quisesse na família, prosseguia o interrogador.

A respiração arquejante da jovem às vezes sufocava as palavras. De novo questionada se, aparentemente, desde aquele tempo o pai já a guardava para um atrasado casamento de conveniência política, ela, aos soluços, respondia: Não sei!

Mais adiante, o depoimento da jovem a respeito de súplicas e lágrimas que nem assim tinham abrandado o coração do pai podiam referir-se tanto ao primeiro caso, bruscamente interrompido, como ao último, o do noivado, estimulado com sinistros propósitos, como agora se sabia.

Que cínico, diziam os veteranos da guerrilha na saída dos auditórios. Um homem que sacrificara a própria filha, com as próprias mãos, como uma ovelha no matadouro, imagine só aonde levaria a Albânia! O país tivera mesmo muita sorte de escapar de um Sucessor assim.

Enquanto assim falavam, alguns, os mais velhos, manifestavam a esperança de que o Condutor terminaria escolhendo um Sucessor à altura. Alguns deles não acreditavam na designação iminente de um nome merecedor da honra de estar tão próximo do Condutor. No máximo seria apontado um Sucessor provisório, uma espécie de para-Sucessor, se é que é possível a expressão.

Numa circunstância dessas, arriscava alguém, todos avaliavam que a única hipótese para ocupar o vazio só poderia ser Adrian Hassobeu. Os outros balançavam a cabeça como se dissessem "Naturalmente". Não se havia murmurado por muito tempo que ele era um secreto oponente do Sucessor? Até se suspeitara...

Suas fisionomias se iluminavam quando chegavam em casa, de modo que os seus, ao vê-los, soltavam suspiros de alívio. Enquanto isso, o pessoal da limpeza dos auditórios, ao abrir portas e janelas para arejá-los, espantava-se com o odor especial que ali pairava. Não era cheiro de suor e pés, nem de leite azedo, aquele exalado das roupas de lã rústica, como ocorria amiúde após simpósios com destacados pastores. Era outro cheiro, que se sentia cada vez mais amiúde: o de corpos com medo.

IV.

Adrian Hassobeu sabia que seu nome estava na boca de todos. Mas se antes o falatório lhe tirava o sono, agora acontecia o contrário.

Tudo havia mudado numa fração de tempo, um instante fugaz como uma centelha, em que o Condutor, depois da longa indefinição daquela primavera funesta para Adrian Hassobeu, por fim proclamara a traição do Sucessor.

Nunca na vida o ministro tinha sentido tamanho alívio. Pela distensão dos membros e pelo que ocorria em seus pulmões, veias, têmporas, entendeu que uma parte de seu ser quase morrera e agora voltava à vida, como que adormentada, em meio à névoa da paz.

Em casa, deu com parte de sua parentela reunida. Por todo lado reinava um meio silêncio solene. Ninguém falava, apenas olhavam melancolicamente para sua face emaciada. Só um dos tios, o mais idoso, abraçou-o e caiu no choro.

Depois do almoço, quando ele disse "Vou descansar um pouco", fitaram-no com os mesmos olhares doloridos e murmúrios de descansequeridodescansequeridodamana.

No quarto, ficou algum tempo ouvindo suas vozes abafadas, aparentemente reanimadas por sua ausência. Ao som daquele suave acalanto, o sono derrubou-o, doce como nunca.

Ao despertar, reparou que ainda estavam lá. Com certeza se alegravam mais que ele, assim como talvez tivessem se afligido com mais força durante os dias de março em que sua casa se esvaziara. Não sentira a menor ponta de mágoa por aquele abandono. Até dissera a si mesmo: Melhor que não apareçam até que esse assunto se esclareça.

O esclarecimento não vinha. As complicações tinham aparecido já um dia depois da morte do Sucessor. Sua mulher fora a primeira a indagar: Que boatos são esses sobre você?

Ele não respondera. Depois de um longo silêncio, a mulher prosseguira: Mesmo que aquilo fosse verdade... na casa do outro... no meio da noite... por que andavam dizendo coisas assim? Quem o tinha visto? Afinal de contas, por que não se proibia esse mexerico?

Ele erguera os olhos com um sorriso amargo, mas a mulher não o deixara falar. Sei o que você vai dizer, não se pode proibir mexericos, mas você sabe melhor do que eu que não é bem assim.

Ele de fato sabia que não era bem assim. Porém, surpreendentemente, aquela primeira fase dos boatos não o abalara tanto. Afinal de contas, ele vencera o traiçoeiro adversário. Mesmo que o outro tivesse morrido de forma prematura, não fora mais que excesso de zelo. E se sabia que, em casos como aquele, o excesso de zelo, assim como as recriminações, impunham um certo respeito. Graças àquela suspeita, a importância dele aos olhos dos outros crescera. Sua ascensão parecera a todos algo natural. Inclusive o boato de que assumiria o lugar do Sucessor deitava raízes naquele mistério.

As coisas tinham desandado de verdade em março, com a notícia sobre a autópsia. As lâminas e pinças que dilaceravam o corpo do morto haviam doído nele menos que os fragmentos de suposições que ouvia aqui e ali. Se a autópsia se realizava era porque havia alguma desconfiança. Suas conclusões poderiam subverter tudo. Subitamente convertido em mártir, o Sucessor poderia arrojar seu adversário para o precipício.

Adrian Hassobeu amanhecia e anoitecia sempre com as mesmas perguntas e suspeitas a verrumá-lo. Por que alguém não o defendia? Por que o Condutor não o defendia?

Os olhos deste davam a impressão de não distinguirem mais nada. Era aparentemente um último trunfo que o avanço da cegueira lhe proporcionava. Adrian Hassobeu passava e repassava na memória seu último encontro com o Condutor, mas não atinava qual fora seu erro.

A reunião do Birô Político prolongava-se interminavelmente naquela tarde de 13 de dezembro. O Sucessor respondia a indagações, a cada vez economizando mais as palavras. Por momentos se demorava, como quem espera pela tradução da pergunta. Mantinha os olhos baixos, fixos nas folhas da autocrítica, adicionando-lhes às vezes alguma anotação.

De repente, o Condutor sacara um relógio do bolso do paletó preto. Consultara-o demoradamente, enquanto o secretário a seu lado lhe segredava algo, com certeza a hora que os ponteiros indicavam.

A sala se imobilizara, na expectativa.

Penso que já é tarde, dissera o Condutor. Seus olhos se detiveram na direção da cadeira do Sucessor. Penso que devemos ouvir sua autocrítica amanhã.

No silêncio que foi se aprofundando mais e mais, a maioria deles, os que tinham assistido anos atrás a uma reunião semelhante, por certo recordava aquela mesma frase, pronunciada mais ou menos à mesma hora: Já é tarde, penso que devemos ouvir sua autocrítica amanhã, camarada Zhbira. Nada se movera na alva face de Kano Zhbira, dir-se-ia uma máscara mortuária, tal como a que seria moldada na manhã seguinte, logo depois do suicídio.

Então, ficamos assim, amanhã, acrescentara o Condutor, sem desviar os olhos da direção em que acreditava estar o Sucessor. Tinha um tom de voz fatigado, quase brando, ao fim de um dia extenuante. Trate de descansar hoje, para falar com calma amanhã. O mesmo vale para vocês.

A fisionomia do Sucessor mostrava uma imobilidade e uma palidez já conhecidas. Adrian Hassobeu sentira o corpo se distender, como se o conselho do Condutor para que dormissem bem o tivesse atingido antecipadamente. Estava possuído pela confusa sensação de uma noite que iria se repetir... uma noite de intervalo... tal como então... uma fantástica medida de tempo que só obedecia ao cego e que se revelava sempre que este a convocava...

Assim semi-entorpecido voltara para casa. Preparava-se para

deitar, sem jantar, quando o chamaram ao telefone. O Condutor o esperava em seu escritório. Tinha os olhos turvos. A fala, pior ainda. Tenho um mau pressentimento sobre o que pode acontecer hoje, dissera. Por isso o chamei. Só confio em você. O que ele queria não ficara muito claro. Quanto mais Adrian Hassobeu tratava de se concentrar, mais o sentido lhe escapava. Devia ir até a casa do outro. Tratar de saber o que estava acontecendo... Só você pode fazê-lo.

Nenhuma ajuda advinha dos olhos escuros, cor de café. Era o infindável mal-entendido da cegueira e nada mais. Por duas vezes parecera que o outro lhe entregaria alguma coisa, talvez as chaves da passagem subterrânea, se é que existia mesmo uma passagem. Mas nada acontecera. Nem chave, nem nenhum esclarecimento. O outro apenas continuava a insistir: Só confio em você. E depois, mais palavras repetidas: devia estar lá, à meia-noite, a pé, e os guardas, quando o reconhecessem, não se inquietariam, era o ministro, era natural que cruzasse com guardas pela noite adentro... tudo... e depois voltaria, ele o esperaria... impacientemente...

Sem ousar interrompê-lo, Adrian Hassobeu afastara-se após as palavras "Agora vá!". Esperara em casa a aproximação da meia-noite, depois saíra, só, a pé, envolto num impermeável negro, seguindo por uma via lateral. A noite estava escura, chuvosa, cheia de relâmpagos, uma noite especialíssima, diferente do que se pensaria de uma noite de intervalo, em meio à qual ele andava como no interior de um pesadelo.

De longe avistara a janela do quarto do Sucessor. Era a única iluminada na fachada. O guarda, quando ele baixara o capuz, o reconhecera. Como um bêbado, perambulara em torno da casa, conferindo cada porta, como se ainda esperasse que uma delas se abrisse...

Pouco depois achava-se outra vez diante da mesa de trabalho

do Condutor. Este de fato o esperava, até dera um passo em sua direção.

"Foi lá?", indagara, sem ocultar a impaciência.

Adrian Hassobeu fizera que sim.

O outro fitava as mãos do ministro, como se procurasse manchas de sangue. Era um olhar tão concentrado que Hassobeu teve ganas de se esconder.

As portas estavam trancadas por dentro.

Ele não tinha certeza de ter mesmo pronunciado aquelas palavras. O outro dissera: Agora, posso dormir tranqüilo.

Na rua a chuva apertara. Adrian Hassobeu pensara que se dirigia para casa, mas as pernas o conduziam a outro lugar. Quando distinguira novamente a janela do Sucessor, entendera. Tirara o revólver do bolso do impermeável e acoplara o silenciador.

Cedo, pela manhã, os quatro telefones da casa tocavam como loucos. Quando chegara à casa do Sucessor, o procurador-geral já se achava ali. Ficara com as palavras "Para onde removeram o corpo?" engasgadas, sob os olhos esgazeados e inflamados da viúva. Queria dizer: Alguém removeu o corpo?

Havia pensado em tudo tão aplicadamente que a imagem do corpo frio do Sucessor já lhe parecia familiar.

Na reunião do Birô Político, iniciada uma hora mais tarde, tentara inutilmente fitar o Condutor nos olhos. O que ele acreditava que ocorrera? Repetira centenas de vezes a pergunta, naquele dia e sobretudo mais tarde, durante as intermináveis semanas da autópsia. A última conversa entre eles, à meia-noite de 13 de dezembro, agora lhe parecia uma alucinação. Às vezes achava que ela não fazia sentido algum, às vezes que fazia mais sentido do que devia. Ao que parecia, fora ali que o fio se rompera. Desde que deixara o Condutor e que seus pés, em vez de conduzi-lo para casa, o tinham levado de volta ao Sucessor, sentira os sinais de que algo estava errado. E talvez tivesse sido exatamente ali que tudo desandara.

Será que o Condutor pensava, tal como meia Tirana, que Hassobeu era o assassino? Ou que premeditara o homicídio, mas não o consumara porque outro alguém se adiantara? Ou fora o Condutor que se antecipara aos dois e liquidara pessoalmente a fatura?

Quanto não daria para saber nem que fosse a metade das suspeitas do outro. Às vezes as conjecturas iam embora como gralhas amedrontadas, e no deserto deixado por elas só uma restava: não iriam precisar suprimi-lo por saber demais? Fora a primeira desconfiança, de uma simplicidade mineral, que Adrian Hassobeu afastara sem esforço, precisamente por sua simplicidade. Era um recurso vulgar demais e sobretudo encontradiço demais para que o Condutor o empregasse.

Não, monologou, cansado, sem nem saber que negativa era aquela. Talvez o Condutor desconfiasse dele como autor da morte, e mais ainda se ficara sabendo de sua segunda incursão à casa. Se não suspeitava dele como assassino, talvez julgasse que estimulara um suicídio. Que conseguira convencer o Sucessor. Ou que nem ao menos havia chegado a... A barafunda começava a ricochetear e ele próprio já não tinha condições sequer de distinguir o que era verdade ou não em meio à confusão.

Por mais de uma vez estivera a ponto de escrever uma carta. Prontificava-se a assumir toda a culpa que houvesse, pelo assassinato, pela incitação ao suicídio, qualquer coisa, desde que ajudasse a causa.

Depois do alívio proporcionado pelas primeiras linhas da carta, vinha a prostração. Raciocinava soturnamente que não distinguira as sinalizações. Sempre se reservara, como no caso de Kano Zhbira: depois de cada exumação, eram sempre os triunfadores da véspera que tombavam, até a exumação seguinte, quando caberia a outros morder o pó.

Nos últimos anos as incompreensões tinham se adensado. Aparentemente, com a aproximação da cegueira ele enxergava cenários distintos, incompreensíveis pelos demais. Todos se sentiam perdidos no meio de tamanho nevoeiro.

Embora soubesse disso, nas horas de abatimento tinha ganas de gritar: Por que me enviou lá na noite de 13 de dezembro? Para que me tornasse suspeito de homicídio caso um assassino lhe conviesse? Em certas ocasiões achava que era aquilo e nada mais: a morte do Sucessor como um acontecimento com duas máscaras, das quais uma seria a escolhida. Se não foi você, não há motivo para admitir nada, ponderara a mulher. Depois de um longo silêncio ele respondera à sua insistente inquirição: nem ela nem ninguém jamais compreenderiam! A incompreensão tinha a ver com uma descoberta recente. As suspeitas ocupavam a parte mais sagrada do cérebro de um condutor. Eram como uma matilha de cães que alguém usa para se distrair nas horas de solidão. Pobre de quem se depara com elas!

A mulher tomara-lhe a cabeça entre as mãos, enquanto ele, com algum alívio, lhe explicara que fora por isso que, ao compreender que o Condutor não buscava a claridade, abdicara de qualquer esclarecimento. Desejara dizer-lhe que estava disposto a aceitar sua culpa, ou, em outras palavras, que fora ele, que assim desejava. Se quiser que eu seja o assassino, diga que sou, meu Deus! Caso contrário, decida!

O ruído das vozes de seus parentes chegava da sala de visitas mais suave do que nunca. Em meio a ele havia uns estalidos fracos, um tric-trac longínquo que, estranhamente, em vez de irritá-lo, lhe despertava uma recôndita saudade.

Quando levantou e empurrou a porta da sala, compreendeu o que era. Na cozinha, adiante, suas três irmãs, ajudadas pelo pessoal da casa, preparavam uma massa. Por que esse espanto, primo, disse um dos visitantes; esqueceu que depois de amanhã temos um aniversário?

Uma das irmãs, com os braços brancos de farinha, aproximou-se para abraçá-lo. Descansou, mano? Estamos fazendo um baclavá* como você nunca provou!

Ainda entorpecido pelo sono profundo, ele olhava as alvas camadas de massa estiradas uma sobre a outra, tal como se fazia outrora, às vésperas de um sacramento, na grande casa aldeã da família. Esquecera por completo o aniversário, assim como tantas outras coisas, naquela sinistra primavera.

Buscou um copo d'água, depois voltou às camadas, como se não se fartasse de fitar aquela cena.

V.

Bastaram algumas horas para estragar o dia do aniversário de Adrian Hassobeu, aguardado como se fosse o ápice de seu triunfo.

Uma primeira contrariedade, ainda discreta como um farfalhar de folhas invisíveis, foi sentida ali pelas onze horas. Quase todo o governo e a maior parte do Birô Político tinham aparecido para dar parabéns. O Condutor era aguardado a qualquer momento. Aquele era o horário dele em ocasiões assim. Atestavam-no o movimento de recuo das pessoas para as laterais, uma redução no vozerio e os olhares, que mesmo contra a vontade se fixavam na porta de entrada. Também os copos e garrafas pareciam conter em si as cintilações. Adrian Hassobeu fazia um esforço sobre-humano para não olhar o relógio. Mas havia relógios em

* Doce árabe de massa folheada, mel e amêndoas, introduzido na culinária nacional albanesa pelo domínio turco. (N. T.)

toda parte. Se há neste mundo um utensílio que se assemelha a uma face humana, são sem dúvida os relógios.

Tanto incômodo por minha causa?, pensou com azedume. Imediatamente entendeu que cometia uma injustiça. Os visitantes eram a sua gente, e ele arrastaria a todos na queda.

Ao meio-dia os cochichos talvez não fossem ouvidos, mas eram entendidos.

Como que petrificado, ele pensou que sempre haveria tempo para uma carta ou um telegrama de parabéns. Não fora dito que ele viria pessoalmente. Não havia lembrança de outra ocasião em que acontecera assim, mas decerto já ocorrera, sobretudo ultimamente, quando a saúde dele deixava a desejar.

O almoço foi servido, o que causou uma agitação inusitada. Foram erguidos os brindes de praxe, feitas as saudações, e ele conseguiu se conter. Só no final, quando teve de provar o baclavá, este travou sua garganta. Ocorreram-lhe confusamente as palavras da irmã: Um... um baclavá... Tentou evitar a continuação, mas não pôde. De fato, era um baclavá como ele nunca tinha provado, nem os outros.

Mesmo depois do cafezinho as pessoas foram ficando. Ele ansiava pelo esvaziamento da casa, quase perguntou o que eles ainda esperavam e como não percebiam que se excediam.

Seu cérebro foi envolvido por um emaranhado ruim, feito de fios de um cego rancor, de gritos do tipo "Por que se demoram, será para desfrutar da minha desgraça?", da suposição de que eles davam má sorte e talvez tivessem que ir embora para que *Ele* viesse.

Depois do nervosismo o torpor retornou. Em meio ao marasmo, desnudo e implacável, acorreu-lhe a idéia de que não apenas *Ele* não viria; ao que parecia, também não mandaria nem uma carta nem um telegrama de parabéns. Aliás, nem outro telegrama qualquer.

Aquilo lhe pareceu uma monstruosidade, mas uma hora

mais tarde, quando as primeiras sombras do crepúsculo tombavam sobre o jardim, a ausência do Condutor já não parecia algo estranho, longe disso; estranha parecia agora a esperança anterior de que ele pudesse vir.

Agora, tanto a visita como a carta de cumprimentos, o telegrama ou mesmo o telefonema pareciam um devaneio ingênuo de ginasiano. Sentia que mais um pouco e a ladeira abaixo para o desespero seria tão íngreme que ele se admiraria de que não viessem algemá-lo.

Depois de rarearem temporariamente, as visitas retomaram seu ritmo. Vinham tal como antes, com tortas em punho, garrafas de bebidas, flores. Nunca vira procissão mais absurda. Não percebiam que nada daquilo importava mais? Nada, exceto, talvez, as flores, que serviam igualmente nas horas de alegria ou de luto.

Mais penosas que os presentes eram as frases de cumprimento. Por duas vezes respondeu com um "O quê?", como se não escutasse. "Saúde! Felicidade!", respondiam.

Agüente mais um pouco, cochichou-lhe a esposa, que se aproximara a pretexto de correr a cortina.

Ele ergueu os olhos para as janelas envidraçadas que davam para o jardim. O crepúsculo avançava rapidamente. Fazia anos que *Ele* não saía num horário daqueles.

Na segunda vez que cruzou com a mulher no corredor, ela lhe disse: Nunca entendi por que você foi... lá... pela segunda vez.

Ele a examinou longamente. Então, mesmo fingindo ser mais calma, ela também pensava nisso.

Por que fui?, respondeu, falando baixo. Você não vai acreditar se eu disser: não sei!

A mulher sacudiu a cabeça, cheia de tristeza.

Já não se fartou de segredos? Tem uma vida inteira para viver com eles.

Ele fez que não com a cabeça.

Não tenho segredos para você, mulher.

A voz dele, baixa, quase extinta, subitamente se esganiçou, desumana. Quer saber o que foi que eu fiz? Nada. Entendeu? As portas estavam fechadas por dentro.

Acalme-se, disse ela.

Ele ofegava.

Ainda assim, alguma coisa você esperava, lá fora, naquela casa... disse ela em voz baixa.

Nem eu mesmo sei direito. Esperava alguma coisa, claro... Talvez um sinal que viesse de dentro. Algo dos parentes... Talvez assim tenha me parecido... que devia esperar um sinal... Talvez eu me enganasse...

Um sinal de quem?

Nada estava claro... De alguém que não deu sinal nenhum... Pelo menos foi o que me pareceu... Não houve sinal. Sinal zero.

Isso é loucura, disse a mulher. Esperar um sinal que você não sabe qual é... Que não sabe o porquê...

Aí é que está o problema. Eu não entendi nada... Tudo que *Ele* me disse naquela noite foi tão confuso. E o que me disse depois, quando retornei, foi ainda mais obscuro. Parecia estar dormindo.

Aí está a tragédia, disse a mulher. Ele dormindo, e tendo todos na mão! E vocês, acordados, mas sem enxergar coisa alguma!

Ele sentiu o impulso de comentar: Talvez, pelo visto, fosse esse o segredo dele, dominá-los como no sono.

Vá agora falar com as pessoas, disse ela. Ficamos muito tempo aqui.

Ainda estão aqui? Pelo menos me livre delas! Diga que a festa acabou. Diga qualquer coisa, desde que feche estas portas!

VI.

Duzentos passos adiante, no grande aposento que utilizava ultimamente como escritório, o Condutor, com a cabeça voltada para a ampla vidraça, ouvia a voz do secretário a relatar-lhe o que ocorria no quintal da casa.

As últimas luzes do dia faziam com que as raras árvores parecessem mais distantes. Mais um pouco e estaria escuro. Faltava pouco para que não mais se pudesse distinguir as folhas secas que tombavam.

Perguntou ao secretário se havia nuvens no céu e logo a seguir quis saber se a festa na casa de Hassobeu continuava.

O outro respondeu às duas indagações. Sim, havia nuvens, poucas. Quanto à festa, acabara de terminar.

Ele finalmente entendeu, pensou o Condutor. Agora, teria uma semana para se recobrar.

A fria implicância, de volta após uma curta pausa, era quase insuportável.

Te larguei por quase um ano, disse a si mesmo. Tinha a boca amarga. Não esperara um tal atraso de sua parte.

Uma velha canção de Gjirokastra vinha-lhe à lembrança cada vez com mais freqüência:

Me mentiste
Com mentiras,
Prometeste
Pr'este outono...

Hassobeu o decepcionara. Mesmo as folhas, que não passavam de folhas, sabiam quando era a hora de se irem deste mundo. Ao passo que ele fazia como se nada entendesse.

Agora teria toda uma longa semana, infindável, para pagar por seus erros.

Não me obrigue a enviar-lhe a loba negra, disse consigo.

Não desejava se irritar antes do jantar, por isso tratou de pensar em outra coisa.

Penso que já anoiteceu, dirigiu-se ao secretário.

Anoiteceu completamente, respondeu o outro. No jardim, tinham acendido as lâmpadas.

5. O Condutor

1.

A semana parecia avançar com excessiva lentidão. Ainda estava longe a sexta-feira, dia da reunião do pleno do Comitê Central. Por toda a manhã da terça ele ouvira prestações de contas de embaixadores, assim como um resumo da crônica negra da capital. Uma garota de dezessete anos se matara num bairro próximo. Os boatos sobre a queda iminente de Hassobeu ainda eram raros. Das agências de notícias, apenas uma os mencionava, ainda assim mutilando o sobrenome a ponto de torná-lo irreconhecível. A garota se suicidara por amor. Um jovem borracheiro, mecânico de bicicletas na esquina de sua casa, largara-a. Haseberg, repetiu em voz alta; era o sobrenome distorcido. Agora você ainda quer me enrolar com um sobrenome germânico. Mas se havia silêncio sobre Hassobeu, todas as suposições sobre a morte do Sucessor haviam renascido, ao que parecia justamente por causa dele. Possíveis abalos em toda a península Balcânica. Uma ampliação da Aliança Atlântica naquelas costas da Europa. O petróleo. Suicídio ou homicídio. Os verdadeiros motivos. Quem teria sido o autor?

Outra vez essa lengalenga, pensou.

O secretário aguardou que ele encerrasse o solilóquio para prosseguir. A passagem subterrânea: o que poderia ter ocorrido ali embaixo no meio da noite de 13 de dezembro?

Ao ouvir a última frase, riu. Essa é boa, disse, e riu de novo. Depois pediu ao secretário que lesse outra vez. Segundo um analista, supunha-se que ali na passagem subterrânea, à meia-noite, dera-se o último encontro entre o Condutor e o Sucessor, e este, depois de uma altercação verbal, sacara a arma; o segurança do Condutor, porém, fora mais rápido.

O secretário esperou que o riso passasse para só então prosseguir. Portanto, o Sucessor fora morto no porão, de forma que se processou o que fora dito, o corpo hirto da vítima conduzido escada acima, levado por dois homens como se fosse um boneco de cera.

Espere, disse o Condutor. Leia outra vez.

O secretário releu, desta vez mais lentamente, mas em seguida o outro pediu para ouvir outra vez. Durante a leitura, ia repetindo o texto consigo: de forma que se processou o que fora dito... Quer dizer, o que fora predito...

— Tal e qual nos livros sagrados — disse, pensativo. — Na Bíblia, se não me engano, às vezes as coisas sucedem assim.

O secretário o contemplou com veneração, como fazia sempre que o outro citava suas leituras. Baixou os olhos para os papéis, mas o Condutor interrompeu-o: Não se apresse.

O secretário não atinou de imediato com o pedido. Era um texto confuso, lido dias atrás, em que um analista, depois de evocar a misteriosa morte em Tirana, pensava ter desvendado a forma como funcionava o cérebro de um ditador.

O secretário recuperou sem pressa a pasta. Havia vinte anos lidava com aquele trabalho, já perdera o medo, e com tudo mais.

O texto por fim encontrado era curto. O cérebro de um tirano, conforme o analista, freqüentemente trabalhava segundo o que se poderia chamar de arquitetura da angústia. Uma angústia, como um sonho, é construída do fim para o início. Só depois, em um lapso de tempo que pode ser de um segundo, ou menos, completa-se a parte restante. Para esclarecer seu pensamento, o estudioso dizia que era mais ou menos como se a edificação de um prédio começasse por suas ruínas. Tudo mais, paredes, divisórias internas, telhado, chaminés e até móveis, era acrescentado de um golpe para de um golpe ser deitado por terra. No caso de condenações, os miolos do dominador seguiam o mesmo processo: primeiro concebiam a morte da vítima, o resto era acrescentado depois.

Você mesmo fez isso tudo, pensou.

A cólera acelerava-lhe a respiração. Assim se faziam as coisas desde os tempos bíblicos, e agora diziam que ele inventara tudo!

Ouviu atrás de si os passos da mulher.

— Há uma carta de Hassobeu — disse ela, inclinando-se sobre o ombro dele.

— É? Vejamos então como funciona o cérebro de... Von Haseberg.

A carta pareceu-lhe longa, matreira. Hassobeu indagava sobre a continuada frieza para com ele, agora que as coisas tinham se esclarecido. Antes, quando se suspeitava que o Sucessor pudesse ter sido um mártir abatido por uma mão criminosa, compreendia-se a desconfiança para com ele, Hassobeu. Mas agora que se sabia que o outro era um traidor e pusera fim à vida por iniciativa própria, onde entravam as suspeições contra ele?

Espertinho, vociferou com seus botões. Pensa mesmo que pode me ludibriar?

Sua respiração acelerava-se outra vez. Hassobeu se fazia de inocente para escapar da grota onde caíra por suas próprias pernas. Colocava as coisas em termos simples: O Sucessor é um mártir morto por alguém? Então faz sentido desconfiar de mim. Mas, puxa, e se o Sucessor se matou com as próprias mãos? Não entendo o porquê de se perseguir Hassobeu!

Escreva, disse ao secretário. Hassobeu esquece que existe ainda uma terceira explicação possível, que pode ser, como se diz, a *tercia*, a verdadeira. Seja o outro mártir ou traidor, assassinado ou suicida, não se exclui que haja nisso o dedo de Hassobeu. Ele perambulou noite adentro em torno da casa da vítima, como uma hiena. Quis matar e não conseguiu, quis incitar ao suicídio e o outro não precisou de estímulo, introduziu ou não os assassinos dentro da casa, todas essas variantes e outras mais nada mudam quanto à essência da questão. Trata-se da história-padrão dos conspiradores, em que os conjurados, ao farejarem o perigo, tratam de sumir com o cabeça da conspiração. Isso é coisa sabida.

Sempre foi, pensou. Tal como sempre se soube o epílogo de tudo.

Escreva, repetiu ao secretário. Envie uma carta curta, em meu nome: conte tudo o que você sabe, depois de amanhã, na reunião do Comitê Central. Desembuche tudo até o fim! Anteviu o silêncio sepulcral da sala quando dissesse aquelas palavras: Desembuche, Hassobeu! Vejamos quem há de se amedrontar com seus segredos!

A investigação dos últimos tempos tinha algo de tranqüilizador. Conhecer os segredos à sua volta era sem dúvida maravilhoso, mas desconhecê-los era com freqüência uma maravilha ainda maior. Aparentemente fora a cegueira que o conduzira a essa verdade.

Nunca soube o que se passara na casa do Sucessor na noite

que levou ao amanhecer de 14 de dezembro. E, já que ele não sabia, ninguém haveria de saber, nem que passassem mil anos!

Agora volteavam em torno dele, como seres de outra natureza, guinchando debilmente, fazendo sinais com as mãos e os olhos, tentando explicar-lhe o que segundo eles acontecera. Mas aquilo que eles insistiam em explicar seria para sempre incompleto e inexplicável, pois assim fora perpetrado — vazio e fragmentário como os olhos das moscas.

Afora o morto, era de se crer que dois outros personagens estavam implicados na história. E ninguém jamais haveria de saber como tinham se enovelado nas trevas, como haviam se tocado, se repelido, se ameaçado, até que o silêncio tombara. Apenas uma voz fora ouvida, a de Hassobeu, meio grito, meio gemido: As portas estavam trancadas por dentro!

Era ministro do Interior e parecia não saber que nos grandes crimes as portas estão sempre trancadas por dentro!

Pareceu-lhe ouvir o murmúrio do vento e indagou o que acontecia no jardim. As mais antigas tragédias, conforme as recordava, só daquilo tratavam: de como extirpar o crime do seio do clã. Ele não tinha lembrança de alguma ocorrência ao revés, narrando como introduzi-lo.

As cegonhas, ao que parecia, deixavam seus ninhos, dizia o secretário. Podia-se senti-lo por seus movimentos nervosos.

Os passos da mulher às suas costas interromperam o que ele iria dizer.

— Não me diga que chegou outra carta — disse em tom brincalhão, sem se voltar.

— Exatamente — respondeu ela.

Antes de exclamar "incrível", tomou a mensagem nas mãos. Era da viúva do Sucessor.

Agora só falta uma carta do defunto, pensou.

O envelope lhe pareceu pesado, e por um instante ocorreu-lhe que a carta de uma viúva só podia ser assim. Como escrevem, pensou. Quantas mensagens nos envia, minha querida Clitemnestra...

Queime, disse pausadamente à esposa.

Em meio ao silêncio, escutou o barulhinho familiar do fósforo, depois o brotar da chama e sua extinção. O leve farfalhar do papel carbonizado prosseguiu por um bom tempo.

Esperou que a mulher se afastasse com o cinzeiro, para então dizer ao secretário: "Não quero mais que ela me mande cartas. Nem que pense em mandar".

Não queria saber o que acontecera naquela casa. Como haviam se obstinado, mudado de opinião, se tinham demorado ou gritado na névoa. Que se entendessem entre eles.

Pressentiu pela respiração do secretário que ele estava a ponto de dizer algo. Talvez sobre os ninhos das cegonhas. Sem saber por quê, recordou um grego moreno chamado Hadji e a garotada do bairro que o perseguia aos gritos: Hadji, cegonhadji, pra Meca vais partir daqui?!

Havia momentos, nos últimos tempos, em que um leve cochilo o ganhava.

II.

A reunião do Comitê Central começara às quatro da tarde, e a primeira sessão ainda estava em curso. Lá fora anoitecia. Com os cotovelos apoiados na mesa, o Condutor sentia a sala se distender. Imaginava como os presentes trocariam olhares de interrogação. Haviam esperado por uma confrontação dramática, por certo sem ferrar no sono até o amanhecer, e agora ouviam chatices. Emendas ao orçamento estatal na área de energia, lacunas no cumprimento do plano. Com certeza os que antes tremiam agora se rejubilavam, tomara que continue assim, auguravam com seus botões. Só hidrelétricas, lavouras de algodão, emancipação da mulher. Quanto aos outros, aqueles que mal podiam esperar pelo assovio do açoite, iam se contendo aos poucos. Ao que parecia os grandes segredos, aqueles de arrepiar, só eram levados ao Birô Político, enquanto eles ficavam com a corvéia dos orçamentos e planos.

Adrian Hassobeu entrara na sala com uma fisionomia terrosa. Cabisbaixo, ocupara seu lugar na quarta fileira, e as cadeiras de ambos os lados estavam vazias. Tudo fora sussurrado pelo novo assessor, que pela primeira vez tomava assento no lado direito do Condutor.

Deixara de atentar para o que acontecia na sala, mas depois de um intervalo, quando os participantes voltaram a seus lugares e o assessor informara que não eram quatro mas seis os assentos vazios em torno de Hassobeu, o rancor pelo ministro, obscuro como toda velha mágoa que retorna após uma pausa, pareceu-lhe intolerável.

Cachorro, murmurou consigo. Ficava ali como um empestado, e nem assim caía em si!

O pleno passara ao segundo ponto da ordem do dia: a segurança nacional. Depois do primeiro-secretário do Partido na capital, Hassobeu tomara a palavra. Embora próximo do microfone, sua voz saía esganiçada. O Condutor voltou o olhar na direção dele, imóvel, petrificado. Apenas quando o outro mencionou a grande conspiração, interrompeu-o.

— Ouvimos o que você falou sobre os vinte anos em que foi ministro do Interior et cetera e tal. Mas já que mencionou o último complô, eu queria perguntar: por que até hoje todas essas conspirações foram descobertas pelo Partido, e não pela Sigurimi, que você dirige?

Como não enxergava, era-lhe fácil imaginar Hassobeu a se

agarrar à tribuna para não cair, depois ao microfone, com o fio deste a se enroscar no corpo, como uma cobra.

Hiena da meia-noite, desabafou consigo. Cobra, viperina cobra!

Hassobeu começou a responder, mas os murmúrios na sala eram mais fortes que sua voz.

Que sufoque, disse interiormente. Não esperara que o rancor pelo outro se reproduzisse tão depressa. Quase lhe cortava o fôlego.

Uma garota de dezessete anos se matara porque o mecânico de bicicletas a largara.

Fique sabendo que não gosto mais de você, exclamou com seus botões.

Ele ficara sabendo, desde o inverno. E mais tarde também, e ainda agora. Então o que mais estava esperando? Tanta frieza não bastara para fazê-lo desaparecer? Um consertador de bicicletas pudera mais que ele, o Condutor. Era revoltante.

Na sala, alguém gritou: Hassobeu, nada de espertezas!

Que sufoque, pensou outra vez, mas fez com a mão um gesto de apaziguamento.

Você está me obrigando a fazer uso da besta-fera... pensou.

Assim batizara, de forma um tanto obscura, a noite intervalar — aquela que se intrometia periodicamente entre dois dias de uma reunião.

Era uma invenção sua: a noite intercalada, sufocante como uma estopa, cuja aproximação todos sentiam mas que ninguém ousava mencionar.

A mesma mão que pedira silêncio foi tirando do bolso o relógio.

Trinta e tantos anos antes, assim tocara a fria corrente, ainda sem saber ao certo a força tremenda que libertaria. Penso que já é tarde, camaradas...

O silêncio na sala, com o correr dos anos, fora se fazendo mais profundo.

Antes de concluir a frase, sentiu o desfalecimento familiar que atravessava a sala para depois retornar a ele. Esperou um instante até que se instalasse por completo. Era algo incomparável, aquele ilimitado relaxamento. Só tinha paralelo, talvez, a áreas remotas do mundo dos sonhos.

Não precisara nem de uma águia de bico afiado nem de um ruidoso trovão. A noite fornecia-lhe ambos.

Ataque, ataque, pensou, nostalgicamente, enquanto se erguia para deixar a sala.

III.

Teve um sono inquieto. Na primeira vez, sentiu-se semidesperto, oprimido por alguma impossibilidade. Queria retribuir de algum modo a Hassobeu, mas em vão buscava algo que fazer com seu corpo frio, com uma marca de bala na têmpora que parecia mais desenhada que verdadeira. Na segunda vez, quando amanhecia, sonhou que enquanto fazia suas abluções, conforme um velho costume, sobre tábuas no pórtico de uma mesquita, bruscamente lhe acorrera um pensamento: Você não achou nenhum outro para tratar desse assunto? Uma cigana que o observava dissera: Não se aborreça, a família de seu pai vem se ocupando disso de geração em geração! Quis dizer "Calúnias da imprensa dos emigrados!", mas a voz não lhe saiu.

Pela manhã rememorara fragmentos daquele pesadelo e se enrijecera. Se sua mãe ainda vivesse com certeza diria: Desde que você proibiu o islã esses sonhos aparecem.

A mulher o esperava, como de hábito, na mesa de jantar.

Assim que seus olhares se cruzaram, soube que não havia nenhuma notícia da casa de Hassobeu.

Cobra, disse consigo. Bode capado.

Enquanto tomava café, sentiu um vazio crescer no peito. Com ele, a sensação de que algo estava irremediavelmente comprometido.

— Não esperava isso dele — disse.

A embriaguez que vivera um dia antes dera lugar a um temor indefinido.

A mulher olhou as horas.

Ele aquiesceu com a cabeça. O que se estragara não tinha mais conserto. Espere para ver quem sou eu, pensou, ao levantar da mesa.

Uma hora mais tarde, ao entrar na sala de reunião, convencera-se de que ninguém jamais ousara perpetrar uma traição tão tenebrosa como a de Hassobeu. Este exibira diante de todos o seu desprezo. Esperavam que eu me matasse na noite entre as duas sessões? Que seguisse o ritual, como Kano Zhbira, Omer Shenian e o Sucessor?

Estava isolado, tal como na véspera, e com a fisionomia terrosa, mas por certo satisfeito com sua situação.

O Condutor imaginou-o fuzilado, numa beira de rio ao norte de Tirana, e sem sepultura, mas nem isso o tranqüilizou. O outro conseguira consumar sua maldade antes de se ir deste mundo. Sua noite de intervalo, ser fiel e negro, expirara depois de confrontá-lo. Talvez eu mesmo tenha alguma culpa, pensou, fatigado. Fora o último serviço prestado por ela. Não devia tê-la usado com tanta freqüência. Por apavorante que fosse, ela também era frágil.

Pelo silêncio na sala, compreendeu que todos o esperavam.

— Hassobeu tem a palavra — disse num tom abafado.

Hassobeu não permaneceu muito tempo na tribuna. Depois

de um murmúrio de descontentamento na sala, o Condutor interrompeu-o sem ocultar a irritação.

— Já dissemos ontem, nada de espertezas, Hassobeu! É a última advertência.

Dois minutos depois, o Condutor voltou a interromper.

— Ouça você, seu desqualificado!

Sua voz tremia e o assessor aproximou-lhe o copo de água.

Depois de esvaziar o copo quis prosseguir, mas estava tão agitado que a voz lhe desobedeceu.

Todos na sala estavam imobilizados. Jamais tinham visto tamanha cólera nem na voz nem nas feições do Condutor. Os olhos disparavam faíscas do outro mundo, a ponto de, como foi contado mais tarde, muitos acreditarem que ele recobrara a visão. Do impulso de aplaudir, passavam a um silencioso lamento, e deste ao contentamento. Condutor, nosso comandante, contenos o que o aflige, pediam em silêncio. Diga o que sabe sobre o judas, por mais grave que seja. Sirva-nos esse veneno e alegre-se de ver como o suportamos, como nos contorcemos como as bruxas, nos mordemos e nos estrangulamos, nos arrojamos sufocados, se quiser, para agonizar a seus pés!

Na tribuna, Hassobeu também se imobilizara. Os maxilares se abriam para falar, porém em seguida uma tenaz invisível os cerrava. Encurvado, agarrando-se ao parlatório para não tombar, ainda assim logrou exclamar: Não tenho culpa!

Assim grudado à tribuna e com os olhos esbugalhados, ouviu os brados de "traidor!", "chumbo nele!", e depois dos gritos viu as mãos erguidas votando sua expulsão do Partido.

Meio fora de si, ouviu as palavras "e agora, saia". Depois, quando se dirigia para a porta, viu o presidente da Comissão de Mandatos interceptar-lhe o caminho. Não entendeu o que ele dizia, nem o gesto que fez com a mão, dirigindo-a ao lado esquerdo de seu peito, onde fica o coração. Em sua mente bestificada, raciocinou que, por mais afiadas que fossem as unhas do outro, não conseguiriam arrancar seu coração com as mãos nuas. Mas a mão do presidente já se introduzia em seu paletó, bem perto do coração, para retirar do bolso interno de Hassobeu sua carteira de membro do Partido.

Desceu as vastas escadarias, cobertas por um carpete vermelho, com passos que já não eram os dele. Depois de lhe tirarem a carteira do Partido, metade de sua morte já lhe parecia consumada.

Já tinha descido degraus e mais degraus, mas estes não acabavam nunca. Ao pé deles, a recepção parecia-lhe diminuta e longínqua, como se ficasse no fundo de uma grota, e seus funcionários pareciam anões.

Quando finalmente chegou lá embaixo, um deles, sem nenhuma animosidade, retirou um dos longos sobretudos do cabide e aproximou-se com ele nas mãos. Cruzou com seu olhar por um longo momento. Longe de transmitir pesar, cintilava, cheio de subentendidos. Quando vestiu o sobretudo, sentiu o contato das mãos do outro, macias, cuidadosas, tal como antes.

Será que eles sabem lá em cima?, interrogou mudamente. Na verdade, não tinha muito claro o sentido de sua própria pergunta. Ela perdeu os contornos, misturou-se com outras, enquanto o funcionário lhe cochichava ao ouvido: Acalme-se, chefe.

As mãos deram-lhe palmadinhas nas costas cansadas, sem ocultar o devotamento de uma lealdade de muitos anos.

Bastou-lhe apenas um instante, mais curto que um relâmpago, para se aperceber de que toda aquela explosão de ira do Condutor lá em cima não podia ter sido fortuita e, ao que tudo indicava, ele, Hassobeu, sem saber de nada, sem nunca ter feito a menor idéia, havia muito tempo era o cabeça do complô.

Seus seguidores, sem esconder a veneração, estavam prontos a proclamá-lo Condutor.

Não, quis bradar, não trairia o Partido, nem o Condutor, ainda que ambos o tivessem espezinhado.

Não, gritou, desejando libertar os braços daquele maldito sobretudo. Agora só desejava subir furiosamente as escadas, irromper na sala e lançar o apelo: os conspiradores estão ali, lá embaixo! Ficam à espera com capotes cobertos de pó e sangue para lançar em seus ombros!

Voltou a sacudir-se para se livrar de vez da traiçoeira bajulação, mas logo os braços do funcionário se ergueram e abraçaram seu corpo como tenazes. O outro recepcionista, que acompanhava com os olhos o que ocorria, deu dois passos em sua direção e, num gesto breve, sacou as algemas.

IV.

A capital recebeu a queda de Adrian Hassobeu com uma tranqüilidade que beirava a indiferença.

Ao ouvirem as palavras "Hassobeu caiu!", as pessoas, recobradas do estupor, recordavam que já sabiam qual seria o seu destino, assim como o do Sucessor. A única diferença era que tinham esperado pela queda do Sucessor por apenas um outono, e todo um ano pela de Hassobeu, talvez nem um ano, mas seis, talvez mais, dezesseis, quem sabe vinte anos, desde o momento da nomeação para chefe da Sigurimi estatal. A queda assim como suas razões tinham causas compreensíveis: Hassobeu conhecia os segredos.

A notícia procedente da prisão da capital, de que ao chegar o ex-ministro tivera a língua cortada, mostrava como eram perigosos os tais segredos caso transpirassem, mesmo que sob a forma de um grito por trás das paredes da cela.

Como se sentisse um afã de preencher o silêncio deixado pela língua seccionada do prisioneiro, um mexerico sem fim tomou conta da capital naqueles dias. Mas, para o assombro geral, a boataria logo deixou Hassobeu de lado para retornar ao Sucessor e absorver-se por completo em seu grande mistério.

Compreendeu-se que por muito tempo ainda o enigma do Sucessor por fim reinaria sozinho, coisa que seu infortunado personagem não chegara a conseguir: ser o primeiro, o número um, como se dizia ultimamente.

Sombria e desabitada havia tempos, a casa do Sucessor destacava-se, um tanto indefinida, por trás das árvores da avenida principal. As pessoas que passavam por ali, sobretudo as que saíam à noite do Teatro Nacional, depois de assistirem a peças otimistas, repletas de personagens risonhos e generosos, experimentavam alguns calafrios que não trocariam por nada no mundo. Um desses tipos, dizia-se, logo depois de um espetáculo pusera na cabeça que era precisamente ali, naquela casa abandonada, que principiava a Europa — e na mesma noite fora convocado para dar explicações sobre sua teoria. Primeiro ele tentara negar, afirmando que quisera dizer mais ou menos o que todos falavam, que ali tivera início o complô, e portanto a desgraça, a perdição da Albânia; mas no terceiro dia de tortura ele confessara ser contra a arte do realismo socialista, e que fora seu desprezo por ela que levara ao raciocínio vicioso de que, por ele, podiam fechar o Teatro Nacional, já que ele nunca chegaria aos pés da soturna mansão do Sucessor, único prédio albanês comparável aos castelos medievais e palácios barrocos da Europa.

Na realidade a lúgubre residência atraía com força crescente infindáveis elucubrações e sentimentos. O morto, sua esposa e Hassobeu vagavam em torno dela na noite de dezembro. Trocavam sinais entre si, em busca de algo, como numa pantomima, e aparentemente se desentendiam sobre algo. Talvez fossem relâmpagos que encobriam a luz da lanterna, encarregada de transmitir um sinal vindo de dentro para alguém que estava na rua, ou desta para os que se achavam no interior.

A esse teatro de sombras, um interno do Hospital Psiquiátrico de Tirana tinha acrescentado de improviso um quarto personagem: o arquiteto. O médico que o escutou pela primeira vez ficou boquiaberto, por mais acostumado que estivesse com devaneios assim. O que fazia naquele sombrio emaranhado o artista de mãos pálidas, mãos que só ganhavam vida quando tomavam do lápis para esboçar linhas e contornos que encantavam a todos por sua elegância?

Foi essa a sua primeira reação, porém quanto mais o médico meditava, mais lhe parecia natural a fantástica aparição na construção inexplicável, para que tudo se consumasse.

Enquanto isso, mais febris do que nunca, as perguntas turbilhonavam naquele início de inverno — quais os verdadeiros motivos da eliminação do Sucessor? E que mãos haviam lhe tirado a vida: as dele ou as de alguém mais?

Tal como se esperava, os médiuns, depois de se ausentarem por um tempo, tinham reaparecido. O mais obstinado era o islandês. Tentara outra vez entrar em contato com o espírito, cujo relato permanecia tão obscuro quanto penoso era o seu resfolegar. O finado se queixava de que lhe faltava algo, uma parte do corpo talvez, mas bem podia ser também uma parte do raciocínio.

Conseqüentemente, além da presença das duas mulheres, que ainda estavam lá, embora de maneira pouco clara por trás do que o médium outra vez comparava com uma nevasca, tudo mais parecia indecifrável. Era especialmente intrincado compreender os laços entre o Sucessor e as duas mulheres, assim como era dificílimo, quase impossível, decifrar a confusão de recriminações entre eles. Tal como antes, havia o que parecia ser uma demanda, mas que também podia ser visto como uma ordem ou uma espécie de clamor. Exigia-se uma morte. Mas de quem? E quem a exigia?

Em outra circunstância os analistas teriam se divertido um pouco, como de hábito, com a história da mulher que pega no pé da amante, ou vice-versa, e assim por diante, mas a metade final da semana tinha sido excepcionalmente fatigante e ninguém estava com cabeça para brincadeiras. Com aquela lassidão que as coisas muito repetidas adquirem, um deles acrescentou algo às duas hipóteses já estabelecidas: afora a primeira, ligada à ampliação da Aliança Atlântica pelo litoral sul da Europa, e a outra, da descoberta de novas reservas de petróleo na costa albanesa, dessa vez na plataforma submarina, somou-se que, segundo julgava um médium da Islândia, era possível que o misterioso episódio da noite de 13 de dezembro envolvesse alguém da própria casa.

6. O arquiteto

I.

Naquele início de primavera, enquanto toda a Tirana só se ocupava de tentar desvendar o enigma da morte mais misteriosa da era moderna, no dia de março em que confessei à minha mulher que o assassino era eu, ela com certeza achou que eu ficara maluco.

Antes da alvorada, detectei sulcos de lágrimas sobre suas faces, embora nem eu nem ela tivéssemos voltado àquele assunto naquele dia nem em qualquer outra ocasião, mesmo depois que meu nome passou a ser citado entre as sombras que rondaram a casa maldita na noite de 13 de dezembro.

Algumas vezes, nos momentos que antecedem o amor, um instante em que coisas impossíveis de repente parecem tangíveis, ao reparar na luminosidade nos olhos dela, aquele lampejo específico que anuncia uma curiosidade, esperei que ela me perguntasse: Que fantasia maluca foi aquela de outro dia? Mas ela silenciou, aparentemente temendo que sua interrogação trouxesse a loucura de volta.

Certa noite, quando eu mesmo senti ganas de lhe falar, disse a meia-voz: Lembra-se daquela tarde em que lhe disse que era eu... era eu... quem..., ela tapou minha boca com a mão sem permitir que eu concluísse a frase. O sofrimento e a súplica eram tamanhos em suas faces que jurei abandonar para sempre aquela tentação.

Agora estou condenado a remoer tudo dentro de mim, indagações, suposições. As dela e as dos outros.

Ocorre-me encolerizar-me com ela. Tem o direito de não querer acreditar que sou o assassino. Mas ainda assim, mais do que qualquer um, ela deve suspeitar do meu crime. Pois só ela sabe do desaforo que o Sucessor me fez e de minha fúria contra ele, de meu repentino desejo de vingança.

Tudo se passou no único almoço para o qual fui convidado, primeiro e último, no início do projeto. O dono da casa irritou-se então com uma brincadeira, já não recordo de quem, se do filho dele ou minha. O vinho que tínhamos bebido subira à cabeça e é de se crer que tínhamos usado desses ditos que chamam de maluquices. Cravando seus olhos frios nos meus, ele disse que às vezes os estábulos das cooperativas agrícolas eram mais úteis que os diplomas para as cabeças liberais, quer dizer, as nossas.

Aquelas palavras bastaram para desembebedar-me na hora. Depois da ofensa fui tomado de azedume: na casa dele, aquela mesma que eu estava embelezando, ameaçar a mim, o arquiteto, com um estábulo de cooperativa! Enquanto eu me afastava, o azedume converteu-se em raiva. Era um furor solitário, desconhecido, como se emanasse de outra alma que por acaso tivesse achado meu pobre corpo para nele encarnar.

Faltava-me o fôlego enquanto seguia pela margem do Lana.

Longe de se aplacar, a cólera ia num crescendo, cega, perigosa, já misturada com uma sede revanchista.

Não me reconhecia. Claro que um repentino assomo de loucura me acometera. E retornava a mim a idéia de que aquilo não podia ser uma simples raiva, após um desaforo à mesa do almoço. Os rancores de arquitetos de outrora esmagavam-me o peito. Ofensas perpetradas quatro milênios antes, talvez aos pés das pirâmides, e seguidas pela amputação das mãos ou pelo vazamento dos olhos do arquiteto. Gritos que vinham dos pilares da torre de Westminster, impropérios de Minos, o artífice do terrível labirinto. Do arquiteto de Ceausescu...

Eles clamavam por vingança, em um país onde o velho código consuetudinário acabara de ser enterrado após mil anos de vigência. Mais ainda, solicitavam-na a mim, seu pobre neto ou bisneto que não tinha nem armas nem nervos para ir à forra.

O que podia eu fazer, afora enfear o projeto?

Assombrei-me com aquele novo devaneio.

Uma casa feia... A mesquinha vendeta deu-me vontade de rir, e em seguida de cair no choro.

Em casa, assim que me viu minha mulher ficou pálida. Só faltava essa, repetia enquanto eu contava o que tinha ocorrido. Dada a agouros, já nos imaginava a ambos num fim de mundo cheio de lama, eu a reformar currais e ela a ordenhar as cabras.

Como costumava acontecer em casos assim, acabamos nus na cama, gemendo pior que os arquitetos condenados.

Depois, enquanto tomávamos um café, tratamos de tranqüilizar um ao outro. Então, você vai enfear a casa, é?, disse ela, sem conseguir achar graça. Pedi que ela não me aborrecesse mais. Prometi que, se não me tirassem o trabalho, faria daquela casa a mais bonita da Albânia. É só me deixarem, repetia, é só me deixarem!

A semana passou cheia de angústia, até que um telefonema

da diretoria que cuidava das residências dos dirigentes deu-me a entender que nada tinha mudado.

Foi como se eu tivesse renascido. Mal esperei pela manhã para ir ao ateliê. Também as escalas, a curva francesa e os desenhos pareciam aguardar minha mão. Uma harmonia interna emanava deles — a tal ponto que durante a noite, enquanto eu dormia, acontecia às vezes de eles mesmos se concluírem silenciosamente. Isso continuou por dias e dias. Meus dois auxiliares não ocultavam o assombro. Já empregavam o termo "obra-prima" sem o constrangimento anterior de serem vistos como bajuladores. Durante as tardes, se acontecia de tomarmos um cafezinho juntos, nada diziam, mas sabíamos que estávamos pensando no projeto.

Foi exatamente numa dessas tardes que, quebrando um silêncio emocionado, dei comigo exclamando por dentro: "Maluco!". Pelo jeito como me encararam, percebi que trazia no rosto aquele sorriso bobo que horrorizava minha mulher, pois ela já sabia que eu me serviria dele para dissimular um segredo. Tinha vontade de rir do curto e tolo acesso de raiva em que pusera na cabeça a idéia de estragar o projeto. E ia mesmo começar a rir, naturalmente sem explicar o motivo, quando algo mudou de repente, como um eclipse. Frio, gélido, vindo de longe, ocorreu-me naquele instante um pensamento que ouvira de alguém havia tempos: não é a feiúra, mas ao contrário, a beleza, que na arquitetura, como em tudo mais, pode levar à morte.

Seis garanhões do rei...

Acorreu-me com impressionante clareza a voz do meu professor húngaro, discorrendo sobre um episódio da Idade Média, uma história de ciúmes entre o rei da França e um de seus vassalos por causa de uma residência. *Seis garanhões do rei galopando em fúria pela treva noturna...* As palavras pronunciadas vinte e cinco anos antes vieram-me à mente como se datassem da véspera. E com elas vinha a sonolência provocada pela sala excessivamente quente da Academia de Arquitetura de Budapeste. O vassalo, além de ousar erguer um castelo mais belo que o do rei, convidara o soberano para a noite de inauguração.

Kiralyi hatos fogat, galopando em fúria...

Eu queria pensar em outra coisa, mas não conseguia.

Às três horas da madrugada, louco de rancor, o rei e seu séquito partiam de volta a Paris.

Mestre, não se sente bem?, perguntara um lugar-tenente.

Não sei que gesto fiz com a cabeça. A idéia de que o condenado no fim da história não fora o arquiteto, e sim o vassalo temerário, proporcionava-me algum consolo. Então, fora o vassalo, uma espécie de Sucessor de antanho, que pagara por ousar igualar-se ao monarca...

Enquanto saboreava um segundo café, refleti que aquela lembrança não fora casual. Como um filete de poeira que um raio de sol subitamente ilumina, fragmentos de frases inacabadas, olhares de soslaio e silêncios constrangidos fervilhavam em meu cérebro. Está ficando belíssima a reforma... Bela demais... Mais até... mais até que... a do...

À rédea solta, lançando o lampejo dos archotes sobre a treva das árvores, os garanhões do rei se aproximavam de Paris. Na carruagem, mais sombrio que a noite, o rei remoía a vingança sobre o vassalo.

Khaany mori zurgaan, disse comigo, como num sonho, a frase do professor, agora não mais em húngaro mas em mongol. Era uma das brincadeiras repentinas entre estudantes, que quanto mais sem pé nem cabeça mais pegavam e contagiavam a todos. Tinha começado depois de uma aula, quando entrávamos no refeitório para almoçar; um de nós, o eslovaco Jan, imitando a voz do professor, gritara de longe à servente: "Seis garanhões do rei com purê de batata para mim!". Todos tínhamos rido, mas o riso se transformara em ovação quando o mongol Tsong, habitualmente um tímido, bradara por sua vez: "Para mim também, seis garanhões do rei!". Em meio à algazarra, acontecera o inevitável — pedimos a Tsong que repetisse a frase em sua língua. E, para assombro geral, a frase passara a circular pela faculdade assim, em mongol: *Khaany mori zurgaan*.

Mestre, e se saíssemos para tomar um pouco de ar?, indagou em tom encabulado um de meus auxiliares.

Na rua me senti ainda pior. Ansiava pela hora de voltar a abrir as plantas da reforma.

Uma luz ruim passara a incidir sobre eles.

Tratei de me tranqüilizar: aquilo acontecera em outros tempos, na tenebrosa Idade Média de reis caprichosos e vassalos mentecaptos. Mas uma voz interior me contestava: mudam os regimes, os hábitos, as catedrais, mas os crimes são sempre os mesmos. E a inveja, o seu primeiro móvel, tão amiúde esquecida, longe de amainar torna-se cada vez mais tenebrosa.

Detive os olhos sobre os desenhos. Nunca pensara que um assassinato pudesse ser visto sob aquele ângulo. Enquanto pegava a lapiseira, pareceu-me que segurava um punhal de criminoso. Às vezes dizia em voz baixa: Está em suas mãos evitar o mal. Fazer do punhal um instrumento salvador, como o bisturi de um cirurgião.

Assim pensei... Bastava mudar o projeto. Distorcer as proporções, a harmonia interna, numa palavra, enfeá-lo.

Idéias assim surgiam sobretudo à noite. Na hora da misericórdia, como eu a apelidara, dizia-me, deixe de indecisões, salve um homem, uma família inteira, centenas delas talvez.

Eu parecia estar resolvido. Mas pela manhã a outra tendência, a pecadora, era mais forte que eu. Tudo indicava que a beleza nas artes não sabe o que é compaixão. Além do quê, entende-se melhor com a morte do que com seu contrário.

Tratava de buscar consolo. Aquela história acontecera trezentos e tantos anos antes. Os tempos eram outros, a propriedade, privada; as leis, diferentes. No entanto, isso não me impedia de imaginar a fúria do rei da França, que, nem bem o dia nascera, sem sequer sacudir a poeira da estrada, assinou o decreto que condenava seu vassalo. E em seguida a mente me conduzia ao sombrio ódio do Condutor. Em vida, a dois passos de distância, o Sucessor ousava construir uma casa mais bela. Imagine então quando morresse, a que alturas seria erguida sua estátua.

Com a cabeça confusa, assim que entrava no ateliê curvava-me sobre as plantas, para finalmente passar à ação. Suprimia uma varanda, cortava duas colunas, mas com isso o projeto em vez de enfear parecia ainda mais harmonioso.

Caso alguém conhecesse meu drama íntimo, com certeza me qualificaria de sujeito mesquinho, que ardilosamente se vingava do desaforo proferido no longínquo almoço em casa do Sucessor.

Invocava minha alma como testemunha de que aquela ofensa de havia muito desaparecera por completo de meu coração. O que me ocorria podia estar ligado a qualquer coisa, menos a ela.

O problema era bem outro, mil vezes mais doloroso e outras mil vezes mais secreto. Era o meu inferno, sobre o qual jurara não falar a ninguém até meu último suspiro. Era algo ligado à arte. Eu a havia traído. Com minhas próprias mãos embotara meu talento. Todos tínhamos feito o mesmo, mas quase todos achavam na época em que vivíamos uma justificativa para nossa perfídia.

Aquele era o nosso álibi coletivo, a cortina de fumaça, a minha felonia. Havia naturalmente o realismo socialista, com suas regras e até com seus horrores. Mesmo assim, algumas linhas harmoniosas sempre escapavam, nem que fosse por acaso, num cochilo. Mas nossas mãos estavam atadas, pois os grilhões acorrentavam nosso espírito.

Eu, por certo, era um dos raros a ter feito a pergunta fatal: eu tinha ou não talento? Os tempos haviam me paralisado a mão? Ou eu teria sido assim entorpecido em qualquer época, no capitalismo, no feudalismo, no ocaso do paganismo, nos primórdios do cristianismo, na idade das cavernas, sob a Inquisição ou o pós-impressionismo? E em qualquer época gemeria e choramingaria: Sou um grande artista, é o faraó Tutamés que não me permite desabrochar, é Calígula, é o senador McCarthy, é Zdanov.

Em certa tarde de nervos à flor da pele, eu dissera isso à minha companheira e ela havia respondido com lágrimas nos olhos: Você sofre com isso precisamente porque é diferente.

Talvez... Naquela desolação que me parecia sem fim, fora ela quem colhera o primeiro pomo de esperança. Ao passo que no almoço com o Sucessor eu sentira, com a ofensa, ainda que difuso, disforme e de cabeça para baixo, o primeiro gosto da glória. Tinha sido ofendido... à mesa do soberano. Tal qual meus grandes colegas de outras eras, à mesa de Nero, do imperador da China, de Stálin, de Kublai Khan. Fora ameaçado de defenestração, tal como eles.

Mais tarde, quando o medo da condenação já passara e eu voltara ao ateliê, em vez de sentir as mãos atadas pela lembrança do episódio, tinha me ocorrido o inverso. Ao que parecia, algo se libertara em meu cérebro. Fora aquela libertação que me dera a sensação de ter atravessado o arco-íris, tal como o entendíamos na infância, quando acreditávamos que depois disso os meninos viravam meninas e as meninas, meninos.

Minha sensação era a de uma superação maior, de escapar da solidão e da mediocridade. Era a minha única chance.

Enfeitiçado pela beleza do projeto, eu esquecera tudo mais. Às vezes olhava para os desenhos e dizia comigo: esta é a casa de um soberano comunista. Uma casa própria num país onde dominava a propriedade coletiva. Uma residência hermafrodita, metade dela erguida sob a monarquia e a outra metade agora. Por isso parecia assim alheada, como que vinda de longe, de uma beleza onírica.

Entretanto, os seis garanhões do rei vez por outra atravessavam meus pensamentos com seu tropel. Tratei de esquecê-los. Meu negócio era a minha arte; o resto não me interessava.

Compreendia que fizera uma opção macabra.

Estava convencido de que edificava um templo que seria coberto de luto. Era, por assim dizer, uma beleza mortífera.

Se você quer salvar o dono da casa e os seus, dê meia-volta, faça-se medíocre, dizia-me uma voz interior. Enquanto a outra voz insistia: Você nada tem a ver com eles, é um artista, obedeça às leis da arte. Se sua arte os matar, não será culpa sua. Sem luto não há arte. Sua fúnebre grandeza o atesta.

Mais ou menos naquela época ouvi a primeira notícia sobre uma passagem subterrânea. No início me senti aliviado. Era sinal de que um plano de assassinato já pairava no ar, sem nenhuma relação comigo ou com meu projeto. Alguém, de maneira independente, tinha providenciado para os homicidas uma via de ingresso na casa sem que ninguém soubesse. E não fora eu, fora outro.

O alívio não durou muito. Logo recordei que ouvira a história do filho do Sucessor. Dava a impressão de ser uma fantasia dele, possivelmente baseada numa visão sobre fantásticas conexões entre os membros da direção. Ele se referia a esses vínculos de um jeito extravagante, comparando-os a laços de sangue, assim como certo dia se referiu à passagem subterrânea como um cordão umbilical.

Mas mesmo que fosse a fantasia de alguém com imaginação exacerbada, as elucubrações tinham ligação com meus desenhos. Não por acaso ambos haviam surgido ao mesmo tempo. Por mais que eu me esforçasse para deixá-la de lado, o subterrâneo fazia parte do meu projeto. Tudo derivava disso. Sob meu comando, e de ninguém mais, que os assassinos passariam por ali. A *parancsomra ök gyilkolhatnab*... Por minha ordem eles matariam...

Por dias inteiros essas idéias não me abandonavam. Havia nelas um quê de repetitivo, como um aborrecimento. Eu tinha nas mãos a sorte de uma família inteira. Bastava-me enfear a casa e os assassinos passariam séculos de atalaia no subterrâneo. Do contrário...

Os dias passavam depressa. A reforma caminhava para o fim. A construção ainda estava coberta por tapumes de madeira. Mas eu tinha a impressão de que todos nas redondezas aguardavam com impaciência a retirada das tábuas para assistir à aparição.

Setembro chegara e as folhas caíam discretamente. A retirada dos tapumes ocorreu durante a noite, alguns dias antes da festa de noivado. Um completo silêncio imperava.

Quando atravessei o umbral da porta, na tarde do domingo em que ocorreu a cerimônia, os convidados já tinham chegado. Havia uma embriaguez e uma dispersão luminosa como eu nunca vira. Suzana, de vestido azul-celeste, era um belo caso de harmonia de proporções.

De toda parte vinham votos de felicidade, para ela e para a casa. Quem é o arquiteto? Ah, você é o arquiteto. Parabéns. Que maravilha!

Depois da segunda taça de champanhe, deu-me vontade de gritar: Falem de qualquer coisa menos da casa, deixem-na para lá, fechem os olhos, tenham dó!

Mas era tarde demais. Os assassinos já estavam lá embaixo, nos fundamentos da construção, nas trevas. A *parancsot nem lehetett megtagadni*... A ordem não tinha volta.

A derradeira esperança veio-me à mente quando reparei nos olhos imóveis do Condutor. Por mais que se tentasse ocultar, sentia-se neles o início da cegueira. Ele não enxerga bem, pensei, já não tem condições de distinguir as formas. A contragosto imaginei-o se aproximar da casa com passos vacilantes, tocando as paredes com a mão, como fazem os cegos quando desejam saber como são as pessoas e as coisas. Um exame desses tornava impossível perceber qualquer beleza ou feiúra. Foi o que imaginei, mas a esperança logo acabou, quando percebi o olhar da esposa, que seguia ao lado dele. Atentos, franzidos, um pouco mordazes, os olhos dela vasculhavam tudo cuidadosamente. Disse com meus botões que teria sido melhor se ele enxergasse e ela não.

Não fiquei sabendo o que aconteceu em seguida à cerimônia, quando o Condutor e sua mulher se foram.

Khaany mori zurgaan... Não fora preciso o concurso de garanhões ou carruagem. Entre a casa do Condutor e aquela do Sucessor havia apenas um quarteirão. Era o que bastava.

7. O Sucessor

Vocês são médiuns, mestres que conhecem os segredos e as vias que levam a eles. Mesmo assim eu digo: deixem-me em paz! Mesmo que quisesse eu não poderia entregar-lhes o que desejam. É algo intransmissível, não por algum ardil de minha parte, ou por incompetência de vocês, mas por ser intrinsecamente assim.

Eu sou outro. E, como se isso não bastasse, estou incompleto. Sem sepultura e sem a metade de meu crânio. Depois da exumação, de ser levado para aqui e para lá, enfiado num saco ou embrulhado num plástico, misturado com lama e pedregulhos, uma parte de mim se perdeu. Mas esse é o menor dos problemas. Ainda que estivesse inteiro, embalsamado, convertido em mármore, não haveria como arrancar de mim nada exceto névoa e caos.

Sou outro também em outro sentido. Trata-se de uma alteridade infindável, em que cada elo gera uma nova alteridade, esta por sua vez engendra outra, e assim por diante, sempre, o que torna impossível a compreensão entre nós.

Eu era o Sucessor. Era o que viria depois. Mas não se tratava de uma questão espacial, daqueles dois passos de distância que eu deveria manter atrás do Condutor quando caminhássemos para a tribuna de uma solenidade ou para o cadafalso. Nem de um problema temporal, relativo aos anos de poder que teria depois dele. Era muito mais complexo que isso.

Somos uma raça especial, e só nós nos entendemos. Mas somos tão poucos que em meio a todas as negras turbulências da Terra, por onde turbilhonam as almas dos homens, é raro, raríssimo, depararmos com alguém de nossa espécie, quem sabe uma vez em mil anos, ou dez mil.

Assim, certa noite de verão, por trás de uma forma carbonizada que se ia solitária, julguei descobrir um dos meus, Lin Piao, o sucessor de Mao Tsé-tung. Ao que tudo indica não era ele, pois não me respondeu. Ou talvez não tenha me reconhecido, pois não se pode dizer que um sujeito com meio crânio, como eu, seja mais facilmente reconhecível que outro reduzido a cinzas.

Lamentei sinceramente não ter a oportunidade de trocar, enfim, duas palavras com um igual. Para que pudéssemos confrontar impressões sobre nossos enigmas, ou ao menos exclamar: Em que estado nos deixaram! Tão forte era o meu desejo que voltei a cabeça a sua procura, mas já não consegui distingui-lo na imensidão dos céus. Restou-me apenas o consolo de que talvez houvesse outra oportunidade de nos encontrarmos dali a dois mil ou doze mil anos.

A ele, alguém da minha espécie, eu poderia contar o que me aconteceu. A vocês, nunca. Entre nós, nos entenderíamos. Mas ainda não foi inventado o idioma capaz de permitir a comunicação entre nossa raça e a de vocês, nem nunca será.

Por isso não nos entenderemos. Por isso perduram as suposições sobre a noite de 13 de dezembro, mesmo agora que a Albânia trocou de regime. Podia-se conceber que o céu e a terra virassem de cabeça para baixo, mas não que a Albânia viesse a mudar.

E no entanto, aconteceu! Mas mesmo depois dessa reviravolta, o meu enigma, ou, mais precisamente, o nosso enigma partilhado, meu e do Condutor, não veio à luz. Nem a abertura dos arquivos, as autópsias tardias, nem a descoberta de meus restos, nem o auxílio dos médiuns do Kremlin, dos Cimos Malditos, da Islândia e dos serviços de inteligência de Israel penetraram jamais na carapaça do nosso segredo.

As interrogações prosseguirão ano após ano: O que aconteceu na noite de 13 de dezembro? Qual o motivo da ruína do Sucessor? Quem disparou o tiro?

Ah, aquela noite... Como é impossível explicar seja o que for! A começar pela noite em si. Houve mesmo uma noite de 13 de dezembro? Não é fácil dizer. Deitado na cama, eu esperava o sono chegar, enquanto minha mulher trazia mais uma xícara de chá de camomila. Às vezes ela se aproximava da janela, como se tentasse distinguir alguma coisa na escuridão. Minha mente semi-adormecida já se encontrava na sala de reuniões, no dia seguinte, respondendo às mesmas perguntas. Ali onde eu de fato me encontraria horas mais tarde, não com o corpo, apenas em espírito. Falavam de mim como se eu estivesse vivo, o próprio Condutor, mal contendo o pranto, dizia: E agora, nosso querido camarada, depois de tamanho abalo, outra vez em nossas fileiras, volta a ser precioso para o Partido!

Enquanto eu estava no necrotério, eles faziam como se nada tivesse ocorrido, como se a noite de 13 de dezembro não houvesse existido, e seu lugar tivesse sido preenchido por outra unidade de tempo, uma espécie de sósia, um tipo de junção a fórceps com o dia seguinte, na qual o tempo não corria. Ou corria ao revés.

Alguém poderá se surpreender com essa reversão. Eu, nem um pouco. Ela fazia parte do meu ser, da minha aparência e da minha essência.

Minha vida não foi humana. Em casos assim, fala-se em "vida de cão". Era pior que isso. Era uma vida de sucessor. Eu era o que viria depois. O que fora designado para ocupar o posto do Condutor. Aquele que recordava a todos, e a ele próprio, que um dia ele não estaria mais aqui, ao passo que eu continuaria a estar.

Havia dias em que esse raciocínio me apavorava. Não sei como ele agüentava, como agüentava a mim, e aos outros que tinham acatado o pacto. Como não se insurgia, como não questionava aos brados: Onde já se viu uma determinação assim imperiosa? Por que tal movimento, tal posicionamento em relação ao túmulo? Eram poucos, então, os sujeitos que deixavam este mundo sem se importar com a ordem? Por quê, no caso dele, ou melhor dizendo, de nós dois, a ordem haveria de ser rigorosamente obedecida?

Quando a angústia me deixava em paz, eu lamentava por ele. Comovia-me até desfalecer com sua generosidade. Estava pronto a cair de joelhos e implorar: Condutor, se há algum arrependimento, por menor que seja, tome, pegue de volta este título! Às vezes ia além e dizia comigo: Peça o que quiser, todos estamos dispostos a nos sacrificar. Dê-nos a oportunidade de atestar que não são palavras vazias. E a mim em primeiro lugar. Na hora final, quando a morte se aproximar, permita-me dar aqueles dois passos fatais, romper a ordem e interceptar-lhe o caminho, imolando-me por você.

Eu sentia que estava sendo sincero. Até mais do que devia, como naquela noite de abril, depois do jantar, quando nos deixamos ficar na varanda da casa dele. Recordamos coisas do passado, principalmente alianças rompidas. Falávamos sobre os atritos com os chineses quando ele, após um profundo suspiro, disse ter o pressentimento de que Lin Piao, o sucessor de Mao, não traíra, nem fora incinerado no avião em que fugia, mas fora liquidado por Mao, logo após um convite para jantar na casa do dirigente.

Não sei por quanto tempo fiquei petrificado. Só sei que cada fração de tempo que passava era-me insuportável, pois, de todas as conversas perigosas que podíamos manter, aquela era a pior. Sem pensar duas vezes, disse: Nunca se sabe. E como se não bastasse acrescentei em seguida que acreditava mais na traição que na inocência do outro.

Ele me fitou prolongada e melancolicamente. Depois, levantou-se da espreguiçadeira e me abraçou. Os soluços sacudiam seu peito enquanto murmurava: Você é o mais sincero, o mais leal entre os leais. Senti nas faces as lágrimas dele, mas repentinamente algo me apertou. Que soluços eram aqueles? E as lágrimas? Será que eu me enganara? Será que selara meu fim com minhas próprias palavras, e ele, por assim dizer, me pranteava em vida?

Por toda a noite não consegui pegar no sono. Remoía mais e mais os soluços e as lágrimas e só encontrava uma explicação: ele se comovera com minha sinceridade. Eu havia dito o que pensava, sem nem me passar pela cabeça que minha desconfiança sobre a traição do sucessor chinês poderia ser tomada como uma revelação involuntária, de algo escondido em meu subconsciente. Tratava de me tranqüilizar, mas em seguida raciocinava: não teria ido longe demais em minha sinceridade? Não teria causado minha própria perdição? Por dias e dias, depois disso, observei o comportamento dele para comigo, sem encontrar o menor vestígio daquela noite. Esqueceu, pensei. Seu cérebro, como todos os cérebros, necessitava de esquecimento. Tarde demais compreendi que me enganara. Ele nunca esquecia.

Quando chegou minha hora, quando sobreveio a noite de 13 de dezembro, seguida pela manhã de 14, e ele suspendeu o curso do tempo, logo entendi que aquela meia-volta temporal apenas restabelecera a ordem natural das coisas. A mesma ordem que, na mente dele, fora invertida, tal como numa legenda em que pai e filho trocam de papéis.

Enquanto ele pronunciava o discurso que eu não mais ouvia, os soluços o sufocaram tal como naquela noite de abril em que, quem sabe pela primeira vez, cogitara que eu, por vontade própria, deixara escapar a verdade.

Alguém poderia vir a julgar aqueles soluços dúbios, mas eu, mais do que ninguém, sabia da verdade. Era um pranto integralmente sincero. Vocês não conseguem entender essas coisas, assim como muitas outras. Não é fácil atinarem que neste mundo amamos mesmo quando odiamos, e vice-versa, amamos odiando. Principalmente num dia como o 14 de dezembro. Ou numa noite como a de 13 de dezembro.

Ah, aquela noite...

Mesmo que vocês nada perguntassem, ela continuaria a dominar metade do meu ser. Havia relâmpagos no céu. Minha mulher se aproximou de novo da janela e eu quis perguntar: O que você está procurando assim com os olhos? Lá fora nada mais havia que escuridão. Não cheguei a questioná-la, pois o sono foi me tomando. Uma espécie de dormência maligna caiu sobre mim como flocos de neve, em meio aos quais eu mal distinguia minha primeira noiva, a guerrilheira, e ao lado dela meu ajudante-de-ordens, tal como quarenta anos antes, nas montanhas, quando esgotado pela febre e cercado pelos ballistas,* eu supliquei a ela e ao ajudante que me matassem. Acabem comigo, disse eu, não deixem que eu caia nas mãos deles... Eles me olhavam fixamente. A febre me fazia vê-los como sombras, às vezes divididos em três, às vezes fundidos num só, uma criatura horrorosa, meio homem, meio mulher.

Quando minha mulher se afastou da janela e se aproximou, foi assim que a vi, como a primeira noiva, com quem nunca me casei. E com ela estava o ajudante-de-ordens da guerrilha, tal

* Membros da Balli Kombetar (Frente Nacional), organização paramilitar albanesa que se aliou aos ocupantes alemães em 1943-45. (N. T.)

como quatro décadas antes... Os dois se aproximaram silenciosamente, depois o soldado se deteve e ela seguiu sozinha, enevoada, mas de novo bipartida, ao mesmo tempo moça e mulher-feita, como uma bimulher, que em vez do chá de camomila me apontasse a boca negra de um revólver. Eu perdera todo o medo, mesmo que ela me matasse: Acabe comigo, pensei outra vez, tal como naquele tempo, mas não me deixe cair nas mãos deles! E de súbito o vazio tomou conta de tudo.

Faz anos que flutuo em meio a este vazio, empurrado por um vento inconstante. Tenho a impressão de que parti e permaneço no mesmo lugar onde estava; e quando penso que estou parado, na verdade vou não sei para onde. E como se não bastasse a amplidão desmesurada deste espaço vasto e triste, onde duas almas com muito custo se encontram, neste descampado já disse mil e uma vezes a vocês, nós, sucessores e condutores, mesmo escoltados pelos nossos, não passamos de um punhado de pobres-diabos.

É inútil tentarem decifrar nossos sinais, em busca de quem teve e de quem não teve razão. Nós, condutores e seguidores, juntos, unidos, estreitamo-nos e estrangulamo-nos e tratamos de acabar um com o outro sempre com o mesmo furor. Se fosse eu o Condutor, o mesmo me ocorreria, e assim por diante. Ele e eu e eu e ele trocaríamos de papéis dezenas de vezes, e dezenas de vezes repetiríamos a mesma sina. Por isso, quando vi a estátua derrubada pela multidão, quando arrancavam sua cabeça de bronze tal como haviam decapitado a minha, não senti nem paz nem consolo. Apenas uma aflição estéril como tudo mais nesta terra da morte onde estou fadado a perambular para sempre.

Assim somos nós.

Por isso vocês não têm por que nos prantear ou se arrepender. Muito menos esperar que nos manifestemos como espectros medievais, por sobre as torres castelãs ou museus, a exigir que nossos filhos nos vinguem. Fomos pais impossíveis e portanto só poderíamos ter tido esposos, filhos e filhas impossíveis.

Não quebrem a cabeça buscando onde vocês erraram. Nós próprios somos engendros de um erro na grande ordem do mundo. E assim como fomos gestados por equívoco, numa amaldiçoada sucessão, uns após outros, alguns um passo adiante, outros atrás, alguns condutores e outros sucessores, pusemo-nos a caminho, em meio ao pó e ao sangue, para chegar até vocês.

Não conhecemos nem súplicas nem sentimentos, portanto jamais cogitem acender velas. Melhor que rezem por outra coisa. Rezem para que não chegue o dia em que, ao redemoinharmos perdidamente em meio à noite escura do universo, distingamos ao longe as luzes do globo terrestre e digamos, tal como assassinos que o caminho por acaso conduz à cidade natal: Ah, ali está a Terra! Rezem para que não mudemos de rota tal como o criminoso rumo ao povoado adormecido. E para que não troquemos de caminho e para a tragédia de vocês tornemos a aparecer, com máscaras sobre as faces e mãos ensangüentadas como outrora, sem remorso, sem piedade, sem hosanas.

Tirana-Paris,
outubro de 2002 — março de 2003

ESTA OBRA FOI COMPOSTA PELA SPRESS EM ELECTRA E IMPRESSA PELA
RR DONNELLEY MOORE EM OFSETE SOBRE PAPEL PÓLEN SOFT DA SUZANO
BAHIA SUL PARA A EDITORA SCHWARCZ EM FEVEREIRO DE 2006